# 时光轻盈照影来

刘丽芬 著

陕西新华出版

太白文艺出版社·西安

图书在版编目（CIP）数据

时光轻盈照影来 / 刘丽芬著. -- 西安：太白文艺
出版社，2023.8

ISBN 978-7-5513-2373-4

Ⅰ. ①时… Ⅱ. ①刘… Ⅲ. ①散文集－中国－当代
Ⅳ. ①I267

中国国家版本馆 CIP 数据核字（2023）第 058468 号

# 时光轻盈照影来
**SHIGUANG QINGYING ZHAO YING LAI**

作　　者　刘丽芬
责任编辑　白　静
整体设计　悟阅文化
出版发行　太白文艺出版社
经　　销　新华书店
印　　刷　成都市兴雅致印务有限责任公司
开　　本　787mm×1092mm　1/32
字　　数　182千字
印　　张　7.25
版　　次　2023年8月第1版
印　　次　2023年8月第1次印刷
书　　号　ISBN 978-7-5513-2373-4
定　　价　68.00元

# 在旧时光里照见自己的影子

　　时光由许多片段组成，每一个片段都收藏着许多故事。当这些故事经由岁月沉淀，它沧桑的样子更像是繁华过后的一种觉醒。

　　我们怀恋旧时光，是因为旧时光里有柔软的童年，有清新的校园，有斑驳的老屋，更有温暖绵长的爱与情。光阴如水，我们都成了时光的过客，所有的过往终究都将隐进历史的深处。若是有一天，那些深藏在历史褶皱中的时光有幸被有心人书写，它们便因此而萌动，生发出汩汩动人的情愫，让我们都在旧时光中照见了自己的影子。历芬的散文集《时光轻盈照影来》便是如此，它打动了我。

　　漳平，名取"邑居漳水上流，千山之中，此地独平"之意。对于地处闽西东大门的这一方土地，我虽也出自闽西这方热土，却在很长一段时间对漳平有一种莫名的疏离感，大概因为漳平方言除客家话外，还通行着与我们畲族完全不同语系的闽南话吧。多年后，当我以畲族作家的身份走进漳平，来到传说中位于永福的"万山环抱，四面阻塞，洞口陡隘，仅通人行，其中深邃宽广，可容百余家，畲田播种，足给衣食"（明·黄仲昭《八闽通

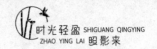

志》）的"百家畲洞"那宽阔的平台，放眼漳平绵延群山、阡陌田园，以及散落在群山间的瓦屋民房时，突然对漳平的山山水水有了一种别样的感动。以后，我品尝过漳平馥郁香醇的水仙茶，观赏过永福万山红遍的樱花园，感叹于漳平朴拙的农民画，惊叹于被誉为"大陆的阿里山"的高山茶园。几乎每一次体验，我都会对漳州加深一层感情。直到去年，我又一次来到位于漳平象湖镇灶头村的奇和洞洞穴遗址采风，面对这些旧石器时代的人骨、石器、灶头、灰坑、螺壳等出土遗存的时候，我再一次对漳平这片土地产生了深深的敬意。正是在这一次的采风活动中，我认识了像历芬这样一群在漳平土生土长的女子，她们穿着棉麻仿古衣裙，活动在奇和洞，活动在古村落，甚至在老屋，在田畴……我与她们相处时，竟是如此亲切与美好，我感觉到了久违的乡村生活的安然、恬静与自在。

这样的感觉，是历芬散文中最动人的景致。且看她喜欢的衣着："我穿着白色亚麻上衣。把头发在脑后对折一下，绷上一根灰色羽质头绳。倚在一堆凌乱的石头上，手指轻轻抚摸石头上青色的断痕，眼神恍惚。有风，我倚在那儿。黑色纱裙挡到脚踝处。"（《一世情怀》）

她沉醉于秋雨："每次听到这屋檐雨滴声，总会想起家乡的老屋。每逢下雨，便有雨从屋瓦处渗漏，滴落在天井处的泥盆里，一滴滴地敲打着。"（《一弦一柱思华年》）她怀恋春日："想起拿着小油纸伞，背着小花包，挽起裤管，和着雨声唱歌的童年。想起童年便想起两块有着两朵小蓝花的小手帕，想起和小伙伴一起在雨中嬉笑，以及一起等着蒲公英开花的日子，然后随着风一起吹起轻柔的千层伞。"（《一弦一柱思华年》）她喜爱梨花："那时，我极喜欢站于院落里，等着风把梨花吹下来，仰起头，有时，便也会落于脸上，凉凉的、软软的。再放于手心。等叶子都长得尖长时，梨花就完全落光了。我不喜欢刚长出叶子时的梨花，它看着就有点无奈。春风春雨，把梨花吹落打落，满

2

地都是时，你若走在树下，树上一定会滴下几滴水来。"（《陌上花开，可缓缓归矣》）她思念亲人："祖母在树下跌落了一颗牙，她将牙藏在了树根下。堂哥家的孙女清点着祖母脸上的皱纹，笑靥如花。再没听过祖母的山歌，她笑时，梨花落了一地。老屋后的竹林黄了一片，一根竹子刚好成了祖父手里的拐杖，春天的竹笋仍被他一根根地放在厨房的桌子上。屋前的树枯了，父亲找不出原因，祖父不言不语。祖父再没点起过水烟。"（《村子，树》）

历芬以其清新秀丽的语言去书写她个人的内心世界和心灵感悟。在她的笔下，春花、秋雨、老屋、村庄、油纸伞、水烟、深巷等，均有她旧时光里的影子，这些影子深藏在她的潜意识中，一些是美好欢乐的，一些是阴郁的，甚至是伤痛的，她把它们从尘封的记忆里抽出，心有所动，又充满忧伤，真是"心有戚戚焉，然心戚戚矣"！且看她，有时是镜前的自怜者，"年轮选择在我额头刻画，眼角的纹路开出纠结的花"；有时是生活的阅读者，"我宁愿，我对生活的阅读如五岁孩子的素描般浅白"；有时是雨夜的独行者，"今晚就这样潇洒走上一回吧，不需要别人的陪伴，不需要温暖的问候，甚至不需要一把无助的雨伞"；有时是苍然暮色里的孤独者，"这时的暮色是属于我的。它可以让人漫无目的地行走，让飞翔的思绪飞翔着，让孤独的身影孤独着，让静坐变得更安静"。因此，历芬的散文看起来干净剔透，又总有些许寂寞掺杂，似乎只有这样，她才能更好地释放自己的天性，感受生活的美与自我的真。但她又不仅仅是忧愁的，有时更像是"满蕴着温柔的忧愁"，她是在怀恋那些逝去的、不再重来的时光以及旧时光里的亲人。她怀恋古巷里的蓝印花布，因为它让她想起了小时候围着蓝印花布围裙的祖母；她怀恋小时候穿过的小布鞋，那是因为记忆中总出现曾祖母和奶奶在阳光下纳鞋的场景；她一次次徘徊于那个让她恐惧与敬畏的老宅子，那是因为那儿是她先祖生活、栖居过的祖屋。她还常常想起乡村黑夜里

的萤火虫，堂前屋后的桃花、梨花，以及田野里的雏菊、灯芯草、木芙蓉以及树林中飘飞的桐花等，她奔跑着、欢乐着的样子，像极了我们曾经有过的童年。我想，这是旧时光该有的样子。

类似这样的内容，历芬不厌其烦，写下了大量的文字。她把这些文字按主题意象的不同，分门别类分为六辑，并以《时光轻盈照影来》命名。一些文字是小段小段的，它们或许是过往生活的点滴记载，她把它们串起来，由此构成一片繁复的记忆。文字照样是轻柔的、雅丽的，透出淡淡的忧伤。有些时候，看着这些文句，我会突然有一种发现诗人的喜悦。她说，"有人在昨天画了一朵淡雅的花"，"画眉鸟等不及一场花开"，"外婆与母亲又在我的额前画了一朵幽兰，开得如此绚丽"，"在抬头的一瞬间，鼻翼赶上一场盛宴，清香拂过脸庞"。每每读到这样的文句，我内心常常会有一种按捺不住的冲动，真想说："历芬！若把你的一些散文改成诗歌，会如何？"

实际上历芬也写诗，甚至小说。其中，她的《写给父亲》一文，让我看到了历芬成为优秀诗人的潜质：

月下的清露，是天空漏下来的一滴汗水，沿着山尖往下滑。
山，瘦得像父亲的脸。
汗水流过，往事便长成了毛茸茸的胡须。
父亲站在山上，像一棵苍老的树。
很久了，我一直看着父亲独自在苍茫中穿行，与天空贴在一起。
而我总在窗子边张望那个背影，等待着那个身影歇一歇。
那时的我，不知道，父亲爬上山尖做些什么，但我知道，父亲一直去的那片山上有竹子，还有一群牛。
我还知道，父亲站在山上，喊着母亲，还有一条河与一只羊的名字。

太阳下山了，天黑了，乡村静了，父亲的心也暗了下来。

他下山的时候，用力地吼了一声，

地上的落叶便飞了起来，盖住了最后一抹余晖。

　　这似乎印证了我的感觉，历芬在诗歌方面的才华一点都不逊色于她在散文方面的表现，甚至超过她的散文。如此想来，我又略略有一点遗憾，若本书把"旧时光"单独挑出来，独自成册，是否更能聚焦主题，让"旧时光"聚成一束明亮的光，让更多的人在书中照见自己隐入时光深处的"影子"？

　　是为序。

福建省文学院院长　钟红英

2022 年冬

CONTENTS

# 目 录

## 第一辑 素履之往

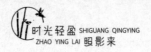

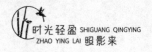

第一辑
素履之往

以朴素坦白之态度行事，此自无咎……

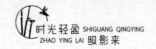

# 提笔不为风雅

提笔时，望向窗外，这个城市的晨雾是夹着烟尘的。

站在阳台上，薄雾轻轻地浮在地面以上三十米的半空，覆盖着这个城市的梦，没有谁忍心打扰。

四面八方的声音及其发出者，多半的表情应该是心不甘情不愿的。头顶灰白的天空上，汩汩流动的只有时间，它像雾一般氤氲着这座日渐繁华的城池。

这时的雾，让我想起了家乡清晨远山的轻雾，如纱，无尘。怀念千里之外家乡的清晨，睁开眼便是满目的亲切，俯身下去听到的是泥土中芽苗抽长的声音。这些最原始最自然的声音却渐渐离自己的感官远去了。置身故乡之外的任何一个地方，有一种感觉不分时令季节地突然来袭，他们说，那是想念。

在这座东南以西偏南的小城里，我伏在案上，书写着生活点滴，为自己的每篇文章加上满意的标题，它们一如眼前绚烂过的花，每一瞬间都带着季节的温度与妥帖，让我如此安心。

总会在自己构建的世界里，坚持又小心地生活，离群索居。闲暇时日，记录心情，文字便是最好的方式。在某个时日偶然翻起，心生诸多感慨。文字中，太多的心情与故事，翻开时已与彼时无关，我却依然会保存那些微不足道的细节。

在长久的安静日子里，习惯了书写，习惯了一些留白——一些言语的留白，一些书写的留白，亦为繁忙的生活"留白"。我在这些空间里，喘息着，安然着。喜文字、书与茶，清韵常伴。寂行红尘，静对时光流转，笑说成全。与过去，相互欣赏。在岁月中，坐拥明媚与寥然，愿得时光不轻扰，痕迹恰好。

提笔不为风雅，半世人生，没有喧哗亦没有仓促。些许的喜悦、艰辛、执着、善念、温暖，它们相互支撑，填充我的心。岁月渐老，手握光阴，满心荒芜。唯有曾经写下的文字，每次翻阅，依然鲜丽无比。

也总会让自己安静而细腻地感受周边，不动声色地感受岁月中的一些凉薄、一些温暖，亦有些迫切地想去探究，亦有理智地相信，只是流于表面的真相，亦有它不被撕裂开的痛不欲生，如若不情愿，岂非悖于初衷？

于我而言，不去深究亦是一种踏实。我坚定地认为，人的心灵之间，合适的距离是珍贵而必要的，不必轻易打破。无须挖掘，因为有些美好已经足够我用一生的时光去享用。

生活中，我需要太多的妥协，这是心甘情愿的。它们散落在我走过的每一个地方，带着家乡的眷，带着淡然的恋，带着江南的梅雨，带着怀念。我把它们放入文字里，让它们带我回到过去……

# 时光轻盈照影来

一

于案上，绿萝安静栖于一角，忽明忽暗的街灯，和那一树树嫩绿，形成夜的风景。习惯于某些动作，亦是无声无息地重复。手摸着案上已不在了的青瓷的位置。原来，一些东西一旦失去，便难复原；一些习惯一旦养成，便难改变。突然的感慨袭来，这些，一个人自娱自乐自给自足自喜自悲，已学不会了。

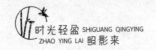
这是可怕的。当一切都还习惯时，在某个当口发现，不知何时已经不能继续，心里便附带着太多的恐慌与不安。

我一如既往地安妥地放着心事，当它们袭来时，身体与手便也不自觉地颤动起来。在琐碎而烦乱地动作时，却发现已深深地陷入情绪中，不能自拔。更多的时候，它们成了安心的符号，一旦错乱，生活便会混乱，让人感到惶恐。

二

一个人的夜，可以安静而厚重，而后，开始慢慢懂得许多内容。看云朵挪动，看夜星如何微闪，听时间的流沙，品一杯茶的甘与苦。于是，便也时时保重，日日珍惜。

镜前自己的头发不舍昼夜反复地掉落，一如一旁的夕颜，还在怒放。忘了如何把它搬回来，紫色的花随藤缠绕在我窗前的钢网上，像极了夜空里的烟花，映红每张见证开花的脸。

年轮选择在我额头刻画，眼角的纹路开出纠结的花。于是，我看到了另一个自己。雀跃着恼嗔，压制着不安，点着下巴悄悄地对自己说，在它们面前，我是孩子，不忍伤害，简单美好。

此时可以简单地流连在影子最美的橱窗前，心甘情愿接受一场花的诱惑，让自己与花相对，与自然相对，眼睛看一枝开得正好的玫瑰。在抬头的一瞬间，鼻翼赶上一场盛宴，清香拂过脸庞，春风，不凉。

三

电视里，有人在哭泣。我一直以为眼泪是温暖的液体，因此，便拼命地不让它流。于是，别人流出时，心中便有莫名的不舍。再次翻开《穆斯林的葬礼》，这个季节的夜晚，泪水突然流于嘴角，是被感动亦是被感染，它们的出现竟然没有了理由，却依然流淌得那么自然畅快，那么真实而忧心忡忡。

那些泪水从眼角流下，漫过鼻端，顺着嘴角滑到唇边，先是灼热，然后是无尽的冰冷。它是在什么作用力下涌出眼眶的？我一直以为那背后的理由要么很唯美、要么很凄然。

看书里的故事，如对街边路人的期待，更多时候，只是注意力的转移。许多人都要有一片臆想空间，不是看不见就是不存在，不是记住的就永远不会消失。只想着，若有落叶，便安静地捡一片，然后顺着纹路找寻那寂寥，看它从干枯的纤维中漫出来，缠绕上每一根手指。闭起眼睛，用指尖轻轻摩挲，冥想它给予的温柔是如何爬上了眉眼，那么执着与热烈，让人生羡。

## 四

常常会在某时的心绪里，宣告一种唯物的结束，一种唯心的开始。而后，就是成千上万个旋涡陡现在眼前。忘记的，憧憬的……

每一个旋涡都无尽地深，每一次坠落都无尽地痛，每一次窒息都无尽地闷。还有什么能义无反顾，还有什么能自然而然，还有什么能婉转吟诵？用这样的心绪，接纳亦抛开，用一种神秘的方式，不温不火地处理悲哀与欢喜。

于是，静坐，不理时光。于是冷眼看那哀而不伤的苍老，向时间逼取曾经的天真，如何满世界倒拨时钟，如何不让纠缠的恐慌缠绕手指，还有那轨道交错的火花如何画出烟火，如何让时光倒流。

在有些人稍纵即逝的欲念中，决绝地选择短兵相接。让盘桓身心的纠缠，决绝地抹去隐忍的孤傲，一分一分地丈量，一秒一秒地呼吸。纵使欲望蚀骨入髓，纵使人人在劫难逃。

还有那骨子里未消的倦意，谁能够真实感受到生命的存在？若能一如冬天沉寂后的复苏，还有眉宇间的留恋，便会令所有的顾忌都被击碎。而只看到黑暗的最底层留下的影子在无声胶着。

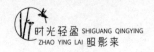
## 五

谁能懂读仰视的人，是落寞还是惊喜？残缺的，完整的，倏然而逝，试图重生，权当幻觉。那不过是尘世的寻常放浪，寻常哀伤，寻常眷恋，自此无意保全。

于是，我便可以于尘世中，或躺卧，或蜷缩，或行走。

时光轻盈照影来，不动声色地用自己的方式再次靠近一些已渐渐模糊的痕迹，贴近每一个已消失的现场，一点点靠近，一点点重复。这浮生如微尘，一如那半心花事，像极了容器，结果至死不过一汪泪水的承载。

# 阅读季节

三月的春风已吹了多时。想来三月，在北方的天空下，还是春寒料峭，风沙干燥。南方的三月，春暖花开，绿野遍地，雨露滋润。这些美好的景致似乎只属于江南。尽管如此，我仍不会赞美春天的到来。

春天只是四季轮回中一个无奈的停歇。我不喜欢南方春天的淫雨霏霏、阴郁潮闷，如同我不喜欢北方春天的乍暖还寒、尘土飞扬。站在春天的门槛，我只是三月的阅读者，同时被三月默然浏览。生活的悲和喜，日子的乐与愁，都跟三月无关。

就像这个莫名惆怅的午后也与三月无关。于是，我想看一本漫画书。

走在去书店的路上，我阅读每一张经过的脸，美丽或平凡；我阅读每一双对视的眼，明亮或暗淡；我阅读每一个行进的脚步，悠闲或匆忙。我读不到每一张脸背后的故事和风情，我读不懂每一双眼里隐藏的快乐和忧伤，我也读不出每一个脚步的高低和深浅。

我只是一个肤浅的阅读者。但是，在三月春风的吹拂下，我又一次找回了自己惯常的阅读姿态，那些莫名的惆怅已随风消散，无影无踪。我终于相信，我是一个生活的阅读者，同时也被别人阅读着。

公园的草地上，一本漫画书，一瓶矿泉水。我盘腿而坐，看风把漫画书吹得页面翻飞，于是感觉漫画里的人物有了动感和神气。这是我无意选择的一种阅读姿态——风吹书，我看书。我没有看清漫画的内容，这似乎已不重要，我已享受到了阅读的愉悦与快意。我就这样坐着看书，或者说，是书在看我。偶有旁人经过看我，我也看他们，相视一笑。三月的午后，春风有点得意了。

关于阅读姿势正确与否，我一直对自己感到怀疑。自读小学起，我就不断被老师纠正读书的坐姿：一定要挺直腰板，眼睛和书保持一定距离……但我终究没有做到。直到今天，我还是爱趴在桌子上看书，而且更愿意躺下来看。但不规范的坐姿并没有影响到我的学习成绩，我坚持认为只有找到舒服的阅读姿势，我才能专心地读书写字，就像我睡觉前五分钟总要不断地调整自己的睡姿，直到找到最舒适的姿势才能安然入睡，而睡姿的规范、雅观与否当然就不那么重要了。

对生活的阅读姿态也是如此吧。我不强求规范和正确的姿态，只想找到最适合自己的阅读姿态，无论是在春风吹送的三月，还是在寒风刺骨的腊月。

尽管我承认自己的浅薄，但我清楚我要阅读的对象，我明白我想阅读的人生，我了解我能阅读的空间。我用更多时间考虑如何选择一种轻松的阅读姿态。这就是我一点浅薄的阅读哲学——阅读的姿态比你实际要阅读的内容更重要，如果你想做一个愉快

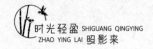

的阅读者。

如三月的春风阅读着大地，我也是生活的阅读者。三月知道，不是所有的春天都富有阳光水分、绿意盎然，三月之春也会有寒流和风暴。正如我知道，不是所有的生活都那么轻松写意、幸福快乐，我也会读到痛苦和悲伤。

如果鱼儿是大海的阅读者，那么鱼儿知道，大海有巨浪滔天，也有风平浪静。脚步是路的阅读者，它能在马路上飞奔，也能在田埂上踉跄；它能漫步草原，也能跨越沙漠；它能走进幸福，也能逃离忧伤。

迎着三月的春风，我走着。我仍是生活的阅读者，阅读着大地天空、人生百态；阅读自己来时的路，还有不确定的未来。我没有"一年之计在于春"的阅读宏图，我只能不断调整自己阅读的姿态。我宁愿，我对生活的阅读如五岁孩子的素描般浅白，这就是我多年的阅读心愿。

我走过一个商场的门口，站在一面巨大的镜子前阅读自己。我挺胸直腰，略微低头，因为我宁愿看脚下的路，而不是天上的云，这就是我阅读自己后继续前行的姿态。


# 假如……


假如你在一个阳光的午后孩子般手舞足蹈，请不要害羞，你是否很久没有这样放肆开怀？那么，今天就抛开所有的面具和桎梏，这些只不过是成年人无聊而笨重的玩具。你是否感到了疲惫？那么，今天就像孩子般奔跑跳跃吧，你可以尽情叫喊，哪怕只为了追逐一只美丽的蝴蝶，或者放飞一只简陋的风筝，你轻快的身姿与欢笑就是最好的结果。

你有多久没有在草地上静静坐着，默默享受这温暖的阳光？你有多久没有与爱人并肩漫步，感受和暖的风轻轻地吹拂？你有多久没有伸出忙碌的双手，温柔抚摸挚爱的亲人？

假如你在一个滂沱的雨夜独自前行，请不要忧伤，你是否还有足够的勇气去品尝这雨水的孤独？那么，今晚就这样潇洒走上一回吧，不需要别人的陪伴，不需要温暖的问候，甚至不需要一把无助的雨伞。那么，今晚就这样痛快地把自己淋湿吧，连同曾经如烟的繁华旧梦，雨水洗去的不只是你的体温，还有你昨日狂乱的思绪和冲动的虚幻，你还需要冷却过热的灵魂。

你有多久没有在街上悠闲散步，好好看一眼霓虹灯闪烁？你有多久没有在花前月下流连，在荷塘边思念一个远方的朋友？你有多久没有凝视星空，默默祈祷心灵的平和？

假如你已经身家百万，你是否就此放弃对金钱的追逐？你应该尝遍了山珍海味，你应该游遍了千山万水，你应该看遍了天下美女，你是否还会感到莫名的空虚难受、坐立不安？你是否还会感到四肢不爽、浑身乏力？假如你有这样的感觉，或许是你日渐奢靡的生活吞没了你的活力，是日渐圆润的肚子拖累了你的脚步，是日渐堆积的脂肪钝化了你的思维。你不需要医生，你所需要的只不过是适当的粗粮和运动，加上一颗平常心。

假如你还是家徒四壁、落魄天涯，你是否就此放弃在风浪中拼搏？你应该尝遍了人间冷暖、世态炎凉，你应该看惯了弱肉强食、适者生存，你应该受够了分离之苦、相聚之难，你是否已经心灰意冷、落寞消沉？你是否已经怨恨满腔、愤世嫉俗？你大可不必如此"看透"，人生的路途总是充满了变数，或许你还需要经历更多的磨炼，或许你还没有做好足够的准备，或许你的幸运之神就在前面不远的地方等着你。你只要再走远一点点，远一点，再远一点。你不用抱怨，更不要放弃，你只需要踏实地走，努力地寻，耐心地找，不懈地追，心中的梦想总会实现。

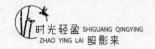

假如我说生活是由百分之五十的快乐和百分之五十的痛苦组成的，你会相信吗？人的脑子是个很奇怪的家伙，它好像更喜欢更容易记录我们所经历的痛苦和磨难，以至于我们经常有"快乐不知时日过"的错觉，而对痛苦和磨难却有挥之不去、刻骨铭心的感受。这也可能就是所有的悲剧比喜剧更让人"感受深刻、撼动心灵"的原因吧。

假如你觉得生活的快乐少于百分之五十，那不是因为你的金钱比别人少，也不是因为你的爱人比别人差，不是因为你的车子比别人差，也不是因为你的房子比别人小，更不是因为你的快乐真的比别人少。而是因为你没有在生活里花百分之五十的时间去体验快乐，反而花了更多的时间沉溺于痛苦的抱怨和无望的纠缠。快乐很简单，它只不过是平常生活中点点滴滴的用心感受，它可以无时不有、无处不在，如这和暖的春风，你感受到了吗？

假如你失业了，你应该期望还能找到更好的工作，结交更多的朋友……

假如你生病了，你应该感受到了亲人的加倍温暖与关怀……

假如生活欺骗了你，你应该高兴还有足够的纯真……

# 我给忧伤赋予我的气质

### 忧伤，等待幸福的逆流

生命是一场意外，死亡是躲不过的。一切的存在，经过成长、衰败、消亡，遗留的是恐惧、慨叹，不灭的是蚀骨的忧伤。我知道，这样的思想是危险的，可能预示着我的生命开始了消极的等待。

生命是一次又一次等待的历程，在或喜或悲的表演中，戛然落幕。花骨朵等待绽放，然后凋零；月亮等待圆满，然后残缺；烟花等待灿烂，然后熄灭；爱情等待热烈，然后无聊；思念等待拥抱，然后淡忘；生命等待辉煌，然后衰老……但一切生命仍在执着等待，等待必然的结局，等待下一个然后，然后忧伤。于是，我以为生命的本质就是忧伤。然后，我想这样的思想其实既不危险，也不消极。

忧伤是等待幸福的逆流，那些逆流而上的人，更能体验生命的撞击力，在逆流中赤脚蹚水，感受忧伤的洗礼，思考生命的本源，抵达幸福。再好的喜剧也难免显得稀松单薄，只能让人一笑而过。相比起来，一出伟大的悲剧更能震撼人心，因为只有悲情才能触动生命的本意——为何而来，如何归去。所以我们只能在愁苦中进行深刻的思考。

生命并非静止地等待，我仍然在奔跑的路上，而且正在加速前行。冬天到了，我甚至改变了行走的姿态，把本已仓促的行走变成了一路小跑。或长裙飘飘，或牛仔波鞋，从早晨到黄昏，从小区到公司，迎着北方刺骨的寒风奔跑，罔顾路人诧异的目光。这是我脚步能及的时空距离，每天奔跑，把自己锻炼得更加精瘦，储备着健康与财富，然后等待，等待遥远时空的裂变，等待生命的再一次丰盈。

对于漂泊异乡的我，生命的丰盈莫过于亲人的团聚、朋友的举杯。但这样的等待漫长而忧伤，幸好心中满怀幸福。生命不需造作的忧伤。我带着浅笑揶揄的姿态，看透生与死，领悟得与失的真谛，参破爱与恨的纠缠……因为通情而达理，因为热爱而执着，因为充满了幸福的等待，生命的忧伤隐含着一股怆然的勇气。

## 忧伤，源自爱的力量

爱注定与忧伤结伴同行，一生一世。

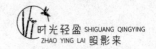

花蕾热爱绽放，竞相斗艳装点人间，它的忧伤是凋谢；月亮期待圆满，抛洒银光穿越黑暗，它的忧伤是残缺；烟花勇于灿烂，用绚丽点缀冷漠的夜空，它的忧伤是熄灭；爱情崇尚热烈，用激情浪漫铭记美丽时光，它的忧伤是无聊；思念迷恋拥抱，即使他朝梦断天涯也要今朝刻骨铭心，它的忧伤是淡忘；生命向往辉煌，即使卑微半世也要精彩一生，它的忧伤是衰老……如果没有爱，世间还有忧伤吗？

如果没有爱，我不会如此忧伤；如果没有你们的爱，我的忧伤无从说起；如果没有你们不离不弃的爱，我的忧伤不堪一击。我自小像个"套中人"，把自己包裹严实，把别人的爱远拒门外，不敢轻易伸出渴望牵握的手。

长大后离开家乡，越走越远，自以为已经飞出了老屋天井那块四方的天地，回家的次数也越来越少了，与亲人朋友的联系也日渐稀疏。每次假期回乡，心里总有一种难言的愧疚。但他们没有抱怨，只有包容。父母还像孩子般照料我，父亲给我做好吃的饭菜，母亲唠叨着让我注意身体，日渐成长的孩子也会说体贴话了，只要我家里有点什么事，兄弟姐妹和朋友们总是跑得比我勤、比我快。

总有一个声音在心底说，继续走吧，你的生命适合独行。那么多年了，我已经习惯了这样的生活状态，甚至害怕关怀与眼泪，把爱与嘱咐记在心底，默默前行，不知道还会走多远，不知道还能走多久。随着时间的流逝，那些关于思念的忧伤日渐加剧。我知道，我开始苍老，忧伤开始鲜活。这是我必须习惯的，而我喜欢说，习惯是生命赐予我最好的礼物之一。生活的一切，习惯了就好，忧伤亦如是。

有一种说法：无欲则刚，我却不以为然。那些为了信念拼命的人是无欲的吗？与病魔抗争的人是无欲的吗？那些在国家与民族灾难面前冲锋陷阵的人是无欲的吗？放弃，任何时候都要比坚持容易。因为有大爱，才有坚持的大勇气。无欲无求，把自己修炼成枯木一截，枯灯一盏，这是生命的本意吗？我宁愿在红尘里摸爬滚打，在爱与忧伤里体验生命的百般滋味。我本俗人一个，不枉俗世一遭。

生命充满了矛盾与悖论，特别是情感。渴望爱情的人是危险的，心心相印如鱼戏水，但拥抱太紧的缠绵可能会演变成绝情的绞杀；恪守孤独的人也是危险的，特立独行能保持安全的距离，但这样的处世可能要忍受绝世的寂寞。我们一生都在情感的世界里撕扯挣扎，灵在左，肉在右；爱在前，伤在后；笑在外，痛在内……尽管如此抵死地折腾，谁又能抗拒这朵充满诱惑的生命之花呢？

如果爱是惊涛拍岸，忧伤就是细浪逐沙；如果爱是骄阳似火，忧伤就是月华如水；如果爱是情不自禁，忧伤就是如影随形……或许一句简单的歌词就是爱与忧伤最好的诠释——伤心也是带着微笑的眼泪。当有一天我们四目相对，两手相执，一脸孩子般天真的傻笑，谁还会在乎爱情曾带给我们多少无助的忧伤？

## 忧伤，生命的暗香

几乎每一个国家都有属于自己的国花，几乎每一个人都有自己心仪的花儿。我们自然地赋予了每一种花儿特定的内涵和品性，由此象征自己所喜爱和追求的风格与韵味。所谓各花入各眼，以花喻国喻人都代表了一种强烈的民族与个人的喜好倾向。当然，这些与忧伤无关，我只是想说，其实每一种情感也是可以用不同的花儿来表达的，但是我不是爱花之人，对花的了解甚少，所以我至今还不知道该用什么花儿来象征忧伤。我固执地认为，恐怕难以找到一种合适的花儿来形容忧伤了，它是世上最芬芳持久的花儿——生命不止，暗香不休。

是的，忧伤散发的是一种暗香，不会让人轻易察觉，甚至有点让人讨厌，尤其当它的香气稍微浓烈的时候。其实我们应该庆幸，那是忧伤对生命无声的洗礼和润泽，在每一个爱恨贪恋的十

字路口，我们跌倒了、哭泣了，那么，我们该思考和抉择了，我们该重新起程和奔跑了。哦，莫急，我们该首先闻一闻忧伤的暗香，品一品暗香里渗透了多少生命的启示，然后去伪存真，修正前进的方向。

大凡阳光灿烂的日子都是令人欢喜的、动人心魄的，却敌不过一缕幽香。忧伤是一种蛊，痴迷太深是会中毒的。一天到晚有事没事都忧忧然戚戚然，无异于饮鸩止渴，生命不会因此而延长。但是，一天到晚有事没事都乐呵呵傻乎乎，绝对不是生命幸福和价值的体现，生命也不会因此而香气四溢。所谓"生于忧患，死于安乐"，忧与乐、生与死，其实全都维系在对忧伤洞察领会的深浅程度之上。如果把忧伤的积极意义由此扩开去，那么这样的忧伤正是生命延续和社会发展的原动力。

或许是我给忧伤赋予了太多太深的含义，其实它只不过是我们平时生活里的一次皱眉，一声苦笑，一滴眼泪，一场病痛，一次伤害，一点遗憾，它们从来都是如此真切与贴近，我们无处可逃，所以坦然接受。风雨后见彩虹，苦难也芬芳。我们探寻忧伤的由来与痕迹，就像探寻生命里最恒久的那一缕暗香。在飘满暗香的忧伤之林，每一次呼吸，都是一次灵魂的悸动。深深浅浅，幽幽淡淡，缠缠绵绵，那些萦绕不去的忧伤与我们若即若离。我给忧伤赋予我的气质，让生命与众不同。

# 安得情怀似昔时

一

寒露。极力地吹起了一阵风。这个凉飕飕的午后，飒飒的风，蓦然，把我厚实的棉被掀起。

还有低垂的窗帘。

## 二

无意识翻动桌上的台历。发现有人在昨天画了一朵淡雅的花。淡淡的蓝，似乎褪色了。这时，淡黄的光亮将往事照得枯黄。

## 三

痛。有一种想把头发扯断的冲动。然而，在断裂的戛然里，仿若有一残枝在院落里燃烧。痛。在黑暗中。

## 四

那刻意的惊叫声，从何处传来？十月的天空很蓝。刺目的光线让水鸟顺利穿林远遁。

## 五

有声音掠过屋檐。惊诧间，把挂在紫薇树上的花碰落。此时，微凉的院子有些颤抖。

## 六

冬月的某一日，窗棂在薄凉中紧紧关闭。不要再呼叫什么，不要再大声呐喊，及时戴上厚实的棉帽。

## 七

要倒下了！因了岩石与那棵树，我终于站稳。隐匿的心事随头顶的云朵全部倾露。脸庞绯红。即使风雨来了，也没有一丝惧怕。

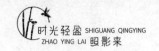

## 八

飘浮。残阳在云霄爬行。天黑了，怎么办呢？晌午时，总想用一颗石子击碎窗上的玻璃，总想用我的十指去穿透点什么。

## 九

偶尔内心有些惶恐。当皮肤被日光晒黑之后，双鸟在对面的林中驻足。瞬间，记忆在灼热中了无踪影。

## 十

归来。门外有人喝酒、唱歌。无奈在酒香四溢中泪流满面。愁绪任酒滴落而流淌。万物寂静，风在喝酒、狂唱。

## 十一

这个清晨会让我想起2014年的春天似乎遭遇了什么。双鸟双翅飞舞。一个响声使房顶那团卷云在空中瞬间消失。

## 十二

纸鹤。扬起双翼。十一月打着手势，风把窗外的树枝拉长。无奈。十几年的隐秘在树尖上大白。

## 十三

偶然的残忍是一种慰藉，对自己。梦中，一声呐喊就让一幢高楼迅速坍塌。这个时候，那一条路该用什么来遮掩？

## 十四

露台的蔷薇花，紫色的高贵让人不能碰触。有风吹拂着它，花朵没有落下。

## 十五

弹指间，一声巨响把云撕开，雨便这样来了。用一种想象的手术刀细致地剖开我的心扉。此后，雨越下越大。

## 十六

一千年来，有一句话：画眉鸟等不及一场花开。午时一刻，街口，躁动的心，躁动的人群，心河里泛起水花。或者，神秘的诺言不止一句。

## 十七

窗锁着旧事。一些怀念慢慢浮在九龙江的水面。记起一句话：比天空高的是人心，比大地低的亦是人心。

## 十八

记得那年春天的一个夜，穿高跟鞋走在走廊上。心事萦绕在墙角。随着鞋跟蹬响。深夜，太阳远走他乡。

## 十九

有一扇门，无声的门。有人说关门的是疯子，不关门的也是疯子。屋顶遮掩着刺目的阳光。隔着墙，叶随秋坠落。

## 二十

清明。绿叶在初春里呈现妩媚。花倒映在龙江里。这个季节，女子在寂寥里愈显光彩。

## 二十一

那是 2016 年。寒露，折戟沉沙。千年的古木，矗立成排。翌日清晨，少时的祠堂一派庄严。可是，草木凋零。

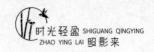

## 二十二

冷夜，有失眠者在呻吟。树影扑面而泻。昨日向往的事，越来越清晰。木已成舟，有人还如九鼎大吕。地球疲惫了。谁知，谁征服了谁？

## 二十三

没有鸡鸣。阳光缄默。多年人生跋涉，天空知吗？围墙把高楼与灵性隔离。

## 二十四

宅内。尘埃已拂净。有人来过厢房。谷雨时，水漫过墙脚，而思绪躺在梦中潮湿。

## 二十五

风拍打着天空，无声。没有风的时候，门窗仍旧响动，而阳光让灵魂在院外暴晒。

刹那，梧桐叶顺势而落。

## 二十六

谁能洗涤天空？癖好亦成恶习。2017 年 10 月，一个跌倒的日子。有人在静处掩面，有人在喃喃面壁。季节嬗变，步履从容。

## 二十七

木琴被石子砸碎。眼前眩晕。长发散落，不知栖息何处。

## 二十八

子夜，不出门。屈指细算。往后的日子，用什么心情来面对？千年一笑若走马。

## 二十九

日子随秋季悄悄生锈。有人在上面虔诚地镌刻着，以一双灵巧的手。夜游者的灵魂偶尔走失。

## 三十

院中人，走出，无回。十二月，西桐树拍打着阳光。叶子随风轻落，恋一个飞着的字。

## 三十一

那是 2018 年 1 月。日子让人有些喘息。一个声音来自天边，让疲惫如燕舒展，古曲之韵许久不曾听到。

## 三十二

琴。有形的灵魂。一双纤纤之手弹拨。轻轻一点，一扇门便被优雅地推开。

## 三十三

提篮过市。绿风频。神态真切。转眼，篷船靠岸。

## 三十四

六月，苍穹之下，风永远那么令人着迷。它为谁而刮？为谁而止？此刻，屋顶有雁悄然飞过。

轻声一扬，无一点痕迹。

## 三十五

十指。以夏天萤火虫之势，耐心保持平和。喝茶。一盏盏享受。梦游者深夜把门紧闭。

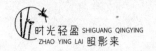

## 三十六

诗。龙江河，十年一次次地过。龙江，一行擦亮天空的诗，如一幅梦里的风景。今夜，你是我内心的星空。

## 三十七

清晨时分，缓走。一个巧合，风来雨走，该填满的已填满，该吸纳的已吸纳，在低处汇成河。

## 三十八

到了 2019 年，没有光芒。在理想的路上摸索前行，总会听到不愿解释的结果。

沉默是金。十二月，上天考验人间，世界在呐喊，相依是最大的恩赐，口罩成为珍贵的物资。

## 三十九

2020 年，尘世依然充满挑战，国门外的世界愈加阴暗。一个个故事没有结局地重复着。

## 四十

冬至前祖母离去。村庄寂静，那些曾经的事和人在远离。

## 四十一

2021 年春节，依然居家。关门问候……

## 四十二

萧萧黄叶闭疏窗，沉思往事立残阳……安得情怀似昔时……

# 寒尽是春

### 轻霜，以冬为巢

微寒，轻霜。叶如烟尘，归去无痕。眼前，一束微光，似叶，如花，似那十年前蓝天下飘起的素纸，可见不可触。

一座木屋，十年，一切似乎没有改变，小木屋的屋顶已是经霜数年。静如霜，一岁一路径，一日一步履，沉入冬的心事，被悄悄覆盖又轻轻泛起。

围炉，瑟瑟身躯依炉而附。随意一声叹息，信手弹指的烟让人激动不已。一种眷恋，无关风月。

轻霜，以冬为巢，有泪。

### 流水，以江为源

没有矫情的浪头，没有跌宕的旋涡，一江灵秀。盈盈一水，温婉带清。江边的人缓行，没有人注意江边的小草是黄还是绿。有依偎的老人，还有奔跑的孩子，万种风情。流水一程，岁月一程，几多顿悟，几许怡然。

舀一勺江水，煮几盏茶。一湾江水，几许茶香，流水之韵便在杯中。滴滴甘霖，情韵缕缕，品出几多温馨、几多感慨。山之精华，水之秀丽，尽在心中。流水，以江为源。

### 文字，再相逢

一张纸，半首诗。要记录谁的隔世桃花，要倾诉谁的一场宿醉？似乎很难，半首诗要何时接完？摊开的纸展开一生难诉的历

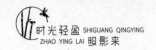
程，半首诗隐藏半世荒芜。没有灯盏可以照亮内心的黑，没有什么可以自我安慰。文字可以记录一切。时间躲在文字的身后，摆成一种姿势，有奔赴的从容，有禁锢的随心所欲。

让一切疼起来，再用文字去治愈。心醒来，时光醒来，半睁的眼，静静观望，文字开始跳跃。很多人睡了，有一种重逢，无声无息，在文字的后面，有几声惬意的哈欠。字如心，表情莫辨。一首诗完整了。

## 寒尽是春

冬寒尽处，春天便来。桃花开否？嘿，梅花先开。

门开着，没有锁，整洁的被子，一铺二折。不管何种花开，都成了节气的实物。没有人注意，昨天冰雪如何不期而至，只听得寒风中，瑟瑟发抖的人们在埋怨。冰雪刺骨，如一匹绢布包裹着对面的山和近处的草。天地有大美，水落石不出，有记忆的远古，便出哲语。一切好似时间的旋涡，卷起紧要的，舍弃无关的。

东南风来，冰化时，春不远。梅花落桃花开，微暖。飞起的蓝雨伞，桃花一片又一片。风吹过，伞变成了和桃花一样的颜色，五六柄、三两枝，门前的台阶，长了青苔，是一副慵懒的样子。

雨珠缓慢地从树枝上滑落，滴答，有声，种子听到了。一个老者的声音：孩子，寒尽是春啊！还有一个孩子的声音：春多么美妙！

# 一世情怀

### 一个认真的消遣，用一种简单的方式

我穿着白色亚麻上衣。把头发在脑后对折一下，绷上一根灰色羽质头绳。倚在一堆凌乱的石头上，手指轻轻抚摸石头上青色的断痕，眼神恍惚。有风，我倚在那儿。黑色纱裙挡到脚踝处。

就这样可以吗？我笑着看自己。

天很蓝，大片大片的云朵迅速移动。草甸再远一些地方的山峰突兀在这片蓝和绿中间，又被阳光分割成明暗两段。云彩投下的阴影很真实，让人想起王家卫电影里的重庆大厦。嘶哑的爵士乐逸出，明暗交错，各自寻找向隅之地，掩饰恐慌，寻求安慰。

没有开花的梨树生长成弯曲的形状，枝杈伸过头顶，那些叶子就贴在我的额前。眼角的泪痣会不会特别显眼？我的身体向石头贴紧了一些。

风很大，雨亦是。下午六点的天空突然煞白。大片叶子无声落下，交替覆盖。山里某一处野地，我行走的地方其实更适合来一场烟花表演。

### 一个纸上的消遣，用一朵花开的时间

在短暂的相聚之后，我与眼前的人就此挥别，再无任何联系。

十九岁的时候想着自己是不属于哪个地方，或是哪个人的。经年后的秋分，却怕对很多朋友说要离开。怕再看一眼旁边的人，看朋友的眼盯着门外，默不作声。因为怕失去，所以有些话和事便藏着。

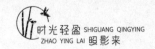

一直想会有自己生命的寄托，或是一种延续。想一直看着自己的孩子长大，看着自己及朋友都学会将初生时对世界的恐惧化为喜爱。想会有人喜爱这些纷繁得如经络般交杂的人事，身处其中游刃有余。是的，一直这样想。

儿时的记忆会在和母亲一起去另外一个小城的旅途上。在路上的感觉如此美妙，让一个小小的孩子沉迷不已。车窗外的南方梧桐，小城里的喧嚣夜市，矿区围墙外遍地的野生蝴蝶花。

是太安静且孤独，我对手中的书没有表现出过浓厚的兴趣。矿区的夕阳不是很美，我却可以笑得很含蓄。

## 度一种缓慢的时光，用一生的记忆

这两个月来，喜欢上了在路上的感觉，开始喜欢上"惦念"这个词。母亲说，我选择冬至这天来到这个世界。出生的时候雪下得很大，大片的雪无声落下，交替覆盖，在我睁开眼之前和之后一直如此。

温暖一直和寒冷交织着。情绪可以"跟着白天一起去放纵，眼睛眨着天空，手里牵着风"。

听这首歌。看着手中的字。九月，秋天渐深。阳光温暖。雨落下来和云缠绵，它已经忘了时间。风在吹。空气中青草的味道浓郁。灯光昏暗。

想起没能赶上温暖的季节。南方以南，一场相聚。少了宿醉。矿上的轨道，痕迹不留。声音很快消散。

轨间的交错是有声的，偶尔的火花，被有缘的人看见。嗟叹转身，已消失。电话停机以后，祝福、惦记、温暖，及至呼吸都回来了。哪一刻会停机，哪一刻就会再次充盈。这些不应该成为问题的，却这样出现。

躲避，是隐忍的防守。遥望，是相知的守候。爱上一种窗帘的颜色，满心欢喜。

在网页上发现她的踪迹，收藏下来，放入很深的地方。偷偷审视，她的暗花、纹路，以及某一处的"纠结"，某一处的断裂。

顺着线头扯开她隐藏的东西，凝视那些曾盛开过一朵牡丹或是蓝莲的地方。透支她的美丽，算是一种残忍或是痴恋。

夜很长。许是能在影子变短时有一场相遇或是接过谁递来的一朵花吧。

笑。

期待满怀，空寂一如往常，落花无声。

镜子里的脸，有些疲惫有些愁绪，有些淡定亦有些固执。

每时每刻每天每年在回忆，回忆相同的地方。似乎很久没有泪水湿了脸颊。

## 走一趟心灵之林，用瞬间的回眸

走过大片的草丛。我看到最早惊起的那一只鸟。想着有人在梦里是否梦见画着自己的蜡笔画。想起一句话："你幸福便是我的幸福，你快乐便是我的快乐。"

山里即使下雨，天亦是蓝蓝的。我的裙角飞扬，和铺在地上的落叶有恰好的角度。

身边的树木依然葱郁茂盛。喜欢大片大片的树林，有种让你想去爱的视觉。投入地去爱，纵有万劫不复的深渊。

选择适时的盲和自觉的哑，用指尖查找错综复杂的痕。

触到睫毛上晶莹的泪珠，咬紧嘴唇，从心底发出颤抖的力，看着它们急速坠落。

让它们裂成花期已过的花蕊的形状，让果实的尖锐，成全另一双手的硕果累累。

就这样静静地感受着，拂落脚面的泥土，吹去肩上的落英。

一直静默地触摸内心的欢喜，守候心灵的恣意。微笑着，是的，一直微笑着。

季节的叶子选择你能感觉到的地方飘落，你弯身捡起。摸着

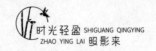

那些干叶的纹路，阳光的余温爬上你的掌心。

这阳光也曾经温暖地倾泻到谁的发梢和嘴角，如今，成了填补心底空白的土方。和着那些从始至终跟随的微笑，膨胀在身体里，遮掩了所有隐忍和心痛，让自己睡在那大片的葱郁里，不愿醒来。

在轻轻的脚步声里，踩在那些干枯的枝叶上，清晰的断裂声穿透我身后大片的时光。

### 记下一种情怀，用一世的岁月

对着镜子，看那些从梳间滑落的发丝，心底涌起一种苍凉。发丝冷眼看着一个个魂魄离体，告别自己，决然下坠，不知所踪。

人生路上相逢的人和事，转身而过的眉眼，微微上扬的嘴角，以及山坡上杉树上风吹过的声响，都是那么清晰地停在某个时间点。

固执地收藏陈旧的喜爱的贴身物什。仔细地分类，排列在箱子里陪着我，在山里的日子中，我想着在某个阳光明媚的午后，一件件打开来，审视一番，留下当时的掌纹和温暖，然后重新收起。如此反复，乐此不疲。

十字绣的针孔，和心底深处彼时的感动撞个满怀。我怀着感恩的心报以微笑，默念着祝福擦身而过。许多的人错开急缓有别的行进轨道，再来见面，自此再无重逢，却在心底惦念。

如此自然的过程，带着各自的需索，漫步在时光里。遇到与错过，停与走，取与舍，痛与乐，如此自然，如此平等。

我在友情里，拉上帘子，期待四面来风。

如此的惧怕、伤痛和错觉，引出泪水、欢笑。瞬间的感触决定了一些身影的接近，灵魂眨眼间出了窍，自此成了游魂。

这是谁给谁的天意，都不知晓。

世上的人都可以偏执，不愿迷乱的风花，错披别处的皎洁，欣喜异地的雪白。世人可以依然偏执，情愿误解风花的暗香，宁愿披一身冷雪残月。

山里的日子清淡而单纯，秋风秋雨在这个时节，便自然地还我这一地的思绪，不知它能飞去哪个远方，又停留在何处。那么远方有多远呢？

# 一弦一柱思华年

屋外是挂着纱帘的阳台，立于阳台，烟雨蒙蒙，江边的香樟树叶已落。望着江水茫茫，远处的青山只见那一抹微黄。不知不觉间，天气凉了，空气中带着潮潮的青草味。彼时，不由得闭眼感觉秋天的气息。

又是秋雨绵绵，雨湿润着大地，世界一片朦胧，秋雨无休。在雨中，眼前的青翠显得沧桑，杨柳与青山犹如蒙上一层淡黄色的烟雾，好似人心中那一缕缥缈的轻愁。

夹着雨丝的微风迎面扑来。风吹过发丝，吹起身后的纱帘，这些从天外带来的印迹，许是一种问候吧？那首古曲《高山流水》在屋内响起，随着秋雨飘荡。随着诗意，随着音乐，周遭一片宁静。

倘若没有微风拂帘，细雨绵绵；倘若没有阳台边的雨滴垂落，远山微黄；倘若没有屋内古琴曲，屋外微风吹，就不会有如此安宁的心境。

滴答，隔壁白色琉璃瓦上滴落的雨声，每次听到这屋檐雨滴声，总会想起家乡的老屋。每逢下雨，便有雨从屋瓦处渗漏，滴落在天井处的泥盆里，一滴滴地敲打着。那时觉得日子好长，也

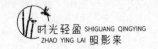

　　总会想着这湿漉漉的天啥时候会放晴。也喜欢静坐于天井边的小方凳上，细看颗颗晶莹急急滴落。感受那雨声的美妙，可以旁若无人地玩小雨点。

　　想起老屋，便想起家乡曾经的淡淡春日。想起拿着小油纸伞，背着小花包，挽起裤管，和着雨声唱歌的童年。想起童年便想起两块有着两朵小蓝花的小手帕，想起和小伙伴一起在雨中嬉笑，以及一起等着蒲公英开花的日子，然后随着风一起吹起轻柔的千层伞。

　　家乡的春天，雨总是淅淅沥沥地下着。每天就是带着伞，头发也是湿的，曾祖母便会拿出干毛巾为我们擦干，嘴里埋怨着这总不停的雨，然后又笑着交代我们：凡人不能怨天。春天那样潮湿，湿得墙壁像流汗似的，地板总是滑滑的，祖母和曾祖母总是颠着小脚歪歪地走着。我们这一群孩子笑着跑着，滑倒了，沾一身泥再起身笑着跑着，身后会传来老人们的呼唤声：小心小心！

　　雨中，也会想起田间忙碌的父亲，和在那菜园撒种子的母亲，还有一群嘎嘎叫的小白鸭。小时候，一直会在春雨中的中午，等待父亲牵着水牛出现在烟雾里。吃过午饭的我便接过缰绳，顶着斗笠，穿着蓑衣，在雨中抓着缰绳看水牛慢悠悠于田埂吃草，听它的咀嚼声，然后自己的嘴也会随着微动，或哼着不成调的歌，或学着大人的样子，唱着当时的流行歌曲。

　　随手摘一绿叶，抚摸，吹一口气，把那一抹绿吹向雨中。父亲吃完饭，便会唤我回家，随后把水牛拴于屋外的树边，我最后拿着油纸伞听着雨声欢喜地去学校。

　　记忆中的学校是旧的，桌子是破的。坐在没有玻璃的窗边，终于熬过了寒冷的冬。这时坐在不靠窗位置的同学们终于妒忌了，我可以偷望窗外屋檐上落下的雨滴，看着雨滴如何一滴滴敲打窗下残破的瓦盆。听听田间的吆喝声，大婶们要菜籽的呼喊声。还有那刚犁过的一片白茫茫的水田。

　　在老屋后院中，有一片梨树，拿着伞立于其中，眼前赫然一片梨花雨。雨中瓣瓣梨花随雨飘落，然后一片片拾起放于小玻璃罐中，笑着拿回屋里，屋内便有淡淡的清香。把春带回，带进心里。

秋日细雨，曾经的时光已逝，这样的回忆多么美好，那悠悠春雨、耕耘希望的人们、树下捡梨花花瓣的小女孩、等待蒲公英花开的小伙伴，还有那份淡泊，那么美好的景色，再也难描绘它们的美丽，这份美好永存心底，随着细雨绵绵。

一弦一柱思华年，今日秋雨中，我仿佛看到父亲的肩，伴着收获与喜悦，想着父亲安详的脸，想起童年的春雨中家人们的忙碌。多少年这样的场景一直萦绕在脑海中，这样的情结一直伴着我。蒙蒙细雨间，悠悠水边柳。淡淡芦苇愁，浓浓雨中情。

# 余生，不问花开几遍，只许身心安宁

## 一

终于感觉到阳光如此温暖。

光照在我的身上，于是知道了另一种拥抱的姿势，来自自然的宠爱。

我沐浴在这片明媚的阳光下，隐去那些原始的悸动，时间在我的灵魂里变成愉悦的花，顺着我喜悦的眉宇，攀上额，欢喜地盛开在眼角。

我悄悄地释放那些潜伏的感动。看着它们正沿着自己跳动的脉搏向前涌，我放任它们的肆虐，直至再次被俘虏。

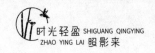
## 二

我如此亲近阳光，亦舍不得那些隐晦的委屈和决绝。这个秋天，依然是自然而然。

人至中年，都曾有过酸楚美好的过往，因着时间的冲刷，因着压抑的决然，因着时光的索然，已凝成了太过程化的符号。虽然依然难以释怀，却可以用微笑坦然以对。

渐渐淡忘了那些忧伤的声音。

它们在以往很长的一段时间里从另一个方向袭来，顽强地占领，对着心底最真切的静默群起而攻。人们也曾如此贪恋，如此不忍回绝。

## 三

拿一枝妖冶的花，看胸前被洇成图案，不忍拭去，无限亲近那片花海，淡忘日出日落。很多时候，人们可以错过大片大片灿烂的霞，可以自我解嘲地投入黑夜的怀，把钟表的指针当成黎明的影子，蜷在臆想的壳里，妄自菲薄地掩耳盗铃，默不作声。直至感觉到繁花颓然凋谢，才从镜中看到眼角的皱纹。

如此反复，究竟遭遇了什么，似乎已经被遗忘。许多的人已记不起哪年曾歌唱在明媚的阳光里，笑容灿烂，长发飞扬。

阳光透过窗帘，洒满房间，是不是大多数人都拥着比南柯还久的梦？

那些温度漫过皮肤的细纹，漾满身体。一些放飞的思绪在空中跃动，经年后已碎成片，在时光中飞翔，可以看到那些脱落的皮屑，在光线里翻转、飘落。

在放大的瞳孔中有难以掩饰的悲伤和强装的欣喜。它们藏匿在灵魂里，混合着委屈的、欢喜的泪。一路错过的花香被镜子折射到很远很远的地方，它们遇到了蓝天、白云、琴声、湖水。

## 四

我的双手及双眼见识了它们，在这个阳光明媚的季节。

我的长发飞扬成了另一种姿势，从容飘逸。

有些温暖会灼伤静默，在布满尘灰的镜前。

我闭起的眼睛，还是可以看到它的不安和恐惧。

人把时间撕成条形的印花棉布，温柔在每一个迟疑的瞬间，时光被你我揉在了手心，满是尘土的味道。用不易察觉的姿势传递那一丝最暖的阳光。

在这样的季节里，我的衣服有着阳光的味道。

## 五

一切那么安静，水仙茶很香，递过来的越窑青瓷杯，圆润、细腻，有令我不安的渴望。

一杯茶。褐红，条索粗扁，叶梗悠然沉浮。

我的指甲整齐，眼神清澈，头发被风吹起，白色的衬衫映上九月天空的蓝，薄荷的香很淡。

隔着飘舞的白色窗帘，阳光还在，风不大，窗帘飘动着，九月的天空云朵低沉，用力渲染着空气与季节的清亮。

## 六

鸢尾花已落。

淡绿叶子间紫白色的花冠舒展。过不了多久的来年，将可以看到它如何明媚，它的温柔便会爬上我的额。花开的过程可以如此简单又可以惊天动地，可有时我们一直等不到一朵花开。至此搁浅。

我用拥抱寻求温暖，用牵手找寻方向。凝在睫上的欢喜和厚重，汪着一池清水，再不轻易被望穿，再不轻易遭流失。

我看着冬天的模样，面纱掀起，阳光透过瞳孔，照着身躯，

31

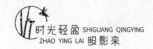

于是，温暖不已。

## 七

余生，如果时光未老，有一天，我要回去的那个地方，那个连鸟儿都抵达不了的彼岸，我会想念我写过的那些书，想念那些陪伴过我的文字。

余生，不问花开几遍，只许身心安宁。

# 坐对苍然暮色侵

很多时候，喜欢一个人坐在暮色里，也总会在这时想象一些无关世俗的久远画面。眼前的暮色，像极了画里的大漠，这个时候，会让我想起马，迟缓的马蹄发出来的嗒嗒的声音，似乎可以踩碎乌鸦在天空飞翔的影子。还会让我猜想着风会不会在这时急迫地触摸着黄昏有些微凉的胸膛，是不是会去触摸那些疲惫的、在干枯的草丛里爬行的蜥蜴。想到大漠中的马，看似是站立不动的。一直认为，这样的情景是静的，可以让人想成一幅静止的画。那时，我们的祖先守着茅草房，把生活当成一张宣纸，卑微而孱弱地阻挡着日月轮回。历史，在经历一段漫长的路后慢慢地延伸着。山高水长中一些火焰总是照不到路上的行者，人们却在思念中企图温暖那些流浪了许久的手。然而，那漫长的路终是隔断了从故乡到异乡的阳光，其中历经的山山水水便决定了一个人的历史，一些草木与河流很自然地成了一种风向标，注释了那些多变的心情。

在渐去的白日里，我的心情似也被某些事物注释着。暮色，是从山顶开始的，慢慢地接入地平线，似乎是忧伤而不情愿的，它让白天里所有的旅途都充满了无所适从。这不是我的悲伤，我喜欢这样想象着那空灵的悲愁，只是多了一种飘逸而已。而此时的我，心境是平和而愉悦的，因为这暮色可以给我无止境的遐想，也因为可以一个人独享。

落日便很自然地成为我心情的风向标，注释着我的心情。

没有灯光，亦没有窗口，许多的纷扰与此时是无关的，我也会偶尔在暮色里走走，我的行走与驻足，被苍茫夜色慢慢掩盖。此刻，如果你遇到我，在这样的暮色路口，看到的我一定是若有所思的。

这时的暮色是属于我的。它可以让人漫无目的地行走，让飞翔的思绪飞翔着，让孤独的身影孤独着，让静坐变得更安静。这时我的身边是没有村道没有楼群的，与乡村和城市也没了瓜葛，那些浮华苦难远了，虫声却近了。

不知不觉，一肩的凉意。

我想，在这个早春的暮色里，也会有一些人如我一样吧。或者，有人可以听见悠扬的笛声，有人可以目睹一些叶子飘落。是的，在春天里，也会有一些飘落的叶子，而我们常常是忽视了的。我们会错过很多不经意的事与物，譬如，那些让人心驰神往的花格窗和斑驳的门扉，譬如那些陈旧的年画，一些充满关切与热情的画面，想起它们时，便可在这些被我快丢弃的事物中寻找，一定会有一些记忆是可以拾起来的。

暮色里，布满了思考，也充满了遗忘。当我们纷纷逃避朝天的大路时，所有的门扉都会迫不及待地关闭，都在厮守着各自的欢笑。这个时候，暮色卷起了地上厚厚的灰尘，让一些曾经明亮的眼也迷茫了。暮色也会在街道上穿过人群间的缝隙，抵达饥饿与寒冷，在心灵最深处隐秘的地方栖居。于是，无处不在的暮色，让一些头发开始散乱，一些头颅慢慢凝重，并被灯光牵引着，呈现一种像鱼鳞和渔火的色泽，在喃喃自语中发光。

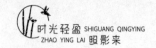

　　当暮色潜入我的呼吸时，它在乡村的旷野或城市楼群的上空，在尚未完全落下的落日的注视下，弥漫着让人联想的气息。此时，我的思维在暮色中出现了那些许久不见的坦诚，还有炊烟、马、路灯，一些人影以及难于察觉的空气，都在不自觉中排成一首幽古的诗，无须朗诵，无须注释，却可以把沉思的我引入一个宽阔的地方，没有喧哗没有躁动，没有争夺亦没有祸害。

　　暮色中，我想起许多逐渐成熟的生命，轮转是所有生命中共同的经历，暮色却可以为这些从不停止的轮转提供宽阔的思想舞台与美妙的心灵台词，一切都可以在其中悠然结束，亦可以在准备中开始。只要希望与梦想在乡村与城市之间如草叶般不停生长，暮色便会带来梦境与呓语，不断地进入一些对着暮色沉默不语的生灵的心灵深处。

　　其实一些梦境与呓语都隐藏着一丝幻想，譬如暮色展露出的醉人的金黄色，向日葵静听地下水的欢畅流淌声，还有一些故事转移到童话和寓言中的英雄和公主身上。沙滩和雪花，松针与墓地，低语与朴素，绝望与碎片……很多很多不相关的事物放在一起并把它们合并。一切素不相识的脸呈现着它们特有的意象，在回归与出发之间擦肩而过。许多的东西都在启迪着事物沿着各自的方向发展，那便构成了令人激动的姿态。而暮色可以在这样的状态下，洞悉这种姿态的内涵，让我可以在其中总结和畅想，通过泪、疼、汗等一些纷繁复杂的经历，爱与恨不断加深，一些陈旧的场面变得更加鲜活而动情。我也曾在很多时候无数次地想抓住那些虚无与存在，但暮色赋予它特有的含义，展示一种缄默。我深信，它可以给一些面孔呼吸，让一些事物生长出它们没有的特点。暮色让我与一些相关的事，进入了一个鲜为人知的世界，同时我不止一次发现，它的笼罩与弥漫让我的手指也闪耀着它灼目的光芒。暮色合上它的窗扉时，它狭窄的空间便有了痕迹。生命的迹象牵引着和我同样沉醉于暮色的人，紧闭双唇，面朝它敞开心怀。它同样让我错过一些，留给繁华一个背影，让斑驳的色彩恢复往日光彩。然后，我可以坐在暮色里进入一个又一个生机盎然的春天。

此时的暮色，在我的眼中是凝重而安详的，它为日与夜贴上了标记，让一些人深深地铭记，又可以轻易地遗忘。走在暮色里，亦是一种缘分，而对着眼前的暮色，它似很快地涌上我漆黑的发际，将成为我终生不离的影子，呈现它博大的谜语，可以让我用尽一生去思考与探寻，最后让它成为我心中的一种珍藏。此时，我可以更明白暮色的内在意义，可以在这个时候回首与遐想，把自己无数次地牵引进暮色。

# 晓月微蓝

### 晓梦山乡

三月烟雨，七月流萤。

你回归山乡，回归心灵的梦乡。

穿过古陋的小巷，寻求心灵安宁。

清风徐来，拾一句古老诗歌，吟诵千年的苍凉。

唤起沉睡的故事，感慨今世命运的无常。

落日黄昏，夜色渐沉，你凝视村后远山。

重峦叠嶂，披上蓝色纱幕，隐藏未竟的梦幻。

小路弯弯，把年少的好奇绕成了青春的张扬。

山乡的小河从清澈变得浑浊。

未曾流逝的，可是你童年的梦想？

你站在溪水里，倾听，一个个音符从胸口跃出，叮咚作响。

走过翠绿菜园，怀念童年耕种时泥土的芬芳。

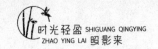

母亲的苋菜，爷爷的甘蓝，曾让你流下无数幸福的泪。

还有老屋，总会等待你的归来。

还记得在天井里仰望云朵时许的愿吗？

你走得太累了，歇歇吧，再听听老屋尘封的故事。来去安然，没有悲伤。

一只美丽的风筝，足以把你的梦承载，飞得很高远，很坚强。

那天，离开山村，不是灵魂出逃，你以为是人生价值的奔忙考量。

未来的未来，蕴含了太多幸福的惊惶。

不能犹豫了，起航，再大的风雨也会有前进的方向。

你知道，有一天，终要回归心灵的彼岸——美丽山乡。

### 月华摇落

青春，谁都没有错过。

是非成败，荣辱得失，敌不过岁月的蹉跎。

飞黄腾达，粉末胭脂，原是光阴不经意的几个哆嗦。

这些，你是深深体味过的。

于是，你把美丽敛起，把得失看透。

爱恨离合，几经风波。

你走进了一个安静的世界，一任情怀飘零，日月如梭。

难得的坦然，或许也是无奈的举措。

你的爱情有多美，你不愿向别人诉说。

你的爱情有多苦，那一定是苍天的错。

曾经的爱情，曾经的幸福，就像尽情绽放的花朵，凋零也磊落。

谁甘心来去匆匆的爱情？谁忍顾痛彻心扉的离别？

留下刻骨的记忆，碎了一地的心，如汪洋沉浮，航船失舵。

年轻的心留下悲欢离合的印记。

生活变奏，爱与恨你一口吞没。

一颗柔软而勇敢的心，任困难来袭，任爱情折磨，任病魔入侵，任时光打磨，任生命的月华点滴摇落。

夜深无眠，记忆开始风化，你已把它牢牢记下。

转世的他，怎么不是那峰远古沙漠跋涉而来的骆驼？背负你找到清河绿洲，聆听你的忧伤。

月光惹来脆弱情思，而你有了清风明月。

倚窗凝思，饱含细腻情怀，送上真挚祝福。亲人的爱，朋友的情，感动，自然，没有造作。

青春的脚步有点凌乱仓促，时光的背影望尘莫及。

顾盼自怜，你又留长了头发，轻弹玉指，营造温暖的文字。

粉黛凝霜，你漠视黑白更替，逝者如斯，何惧人生长短。

## 微尘浮生

尘归尘，土归土，生命怕是一场虚无。

谁可论证？

天地混沌，我们不过微尘一粒，浮沉一生。

无须贬低生命。

把有限生命放到无垠无尽无生无灭的天地，坦然接受幸福、苦难，这是对生命的忠诚。

你也是这样想的吧？

生命的意义不可说，好好活着就是生命的最好明证。

微尘可以随风飘扬，自由自在。

好好活着，说得简单，要想自由飞扬，不如微尘一粒。

所谓寸步难行，生命充满太多无奈的抗争。

某一天开始，你不再出门远行了。

病魔摧残你的身体，恐惧锁住你的脚步。

你错失了无数天涯游历的机会，你错过了与远方朋友的拥抱。

好在还有思念。

你把思念串成雨帘，寄语秋风相送，思念的情怀，萌生诗意。

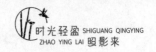

幸亏还有文字。

你用文字吐露芳香，倾诉温婉善良，文字的感动，爱心永恒。

当然还有歌声。

你以歌声吟唱生命，传送深远情谊，歌声的祝福动人真诚。

微尘生命，于己微小，于亲人朋友却是情的海洋、爱的世界。

生命可贵，不争日月长短，在于情感馈赠。

狼奔一生是命，雁飞一行也是命；

雪飘一冬是命，花开一季也是命；

喜怒哀乐是命，生老病死也是命。

谁言命中注定不过子虚乌有？既然活着，自当尽其所能，何以由命自流？

看见了，微尘浮生也是奇迹，你的神采是生命辉煌的见证。

生命是一条流淌的河，你不要有太多的不安和恐慌。

你的生命之河水草丰美，鱼游虾跃，展现了一个绚丽的流程。

天遥路远，我们都是微尘浮生，爱将永恒。

## 蓝色孤独

人生难得百年，谁愿孤独一世？

茫茫人海，寻寻觅觅，只为一辈子悉心呵护。

一只千年的白狐落入凡间，没有意外。

从草原跑过雪地，悄悄然，怀揣千年的蓝色孤独。

敏锐的触觉，眼眸是深邃的湖，可曾忘记来时的路？

天涯断处，东风正紧。

回头望明月，孤独的防线一旦被突破，直抵内心最深处。

一望无垠的蓝，幽幽蔓延，铺就半生缘分，几多孤独。

当情意潜伏，当温暖渗透，你没有拒绝。

犹疑，接受。你怀想前世的爱恋。

今生人间的眷顾，是否温暖如初？

那天，你微笑一路，诉说人间天堂的爱与伤。

你伸出手，却够不着一个人的匆匆行迹。

谁说此情可待，最是忡忡？青丝白发生，无奈关山万阻。

金风玉露难相逢，红颜天妒。

世事无常，人意难恒久。红尘有爱又无情，怎能融化千年的孤独？

人群独舞最寂寥。罢罢罢，长醉当哭，还我一只千年的白狐。

归时路，云雾缭绕，一朵蓝莲为你绽放。

莲叶间，点缀几滴清泪。那是莲台雾珠，一朝升华，因缘宽恕。


# 别意与之谁短长


春天的寒气与湿气恰到好处地袭进我的居所，很喜欢这种潮湿清冷带着一点点霉气的味道。窗外朦胧一片，这样的天气与季节，很适合我安静地回忆那些青涩又纯粹的过往。我在房里走来走去，看似为了舒展身体，其实，更像是为了抓住那瞬间而来、稍纵而去的闪念。

电视上正播放着两个朋友的离别，汽笛声久久地回响着，屏幕上的画面静止了许久。这个画面，让我想起许多年前，十四五岁时，一如李商隐写的"十五泣春风，背面秋千下"的年纪，也是在这个季节，母亲带我到村前的小火车站送她的一位朋友，我站在母亲的身后，是一个完全不用大人费心的孩子。我已记不起母亲和她朋友如何依依惜别，还是一如人们常有的客套的热情。只是，还能记得后来火车发出的一声长长的、沉闷的汽笛声，那

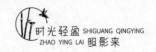
声音在空旷中散去。乍暖还寒的春天里的微风，凉凉的，似乎可以剜割我的心。然后，车慢慢启动，我们看着他和我们挥手告别，再后来，便与我们挥着手隔窗而过，渐渐远去。

这时，我的眼泪莫名涌出，没有原因，便这样无谓地伤感起来。可是，这个人，我并不认识啊！我站在母亲的身后，尴尬极了，不好意思地抹去泪水。火车又一声长鸣，有些凄凉，有些孤独，那种感觉抛洒在渐行渐远的空中和黄昏中不远处山前的云朵以及那摇晃的干草中，那里，似乎饱含着人间的离愁和别绪，那时的我，也莫名有些低落。

在后来的岁月里，我一次又一次地经历了同样的离别场面，我便认定自己是不适合与人离别的，便有意地回避了。

在以后的日子里，慢慢地，我知晓自己是听不得那长长的凄凉的汽笛声的，那声音沉甸甸的，一如大提琴的低吟，一如古排箫的低婉，让人恍惚，让人沉郁。人走了，那时，便会觉得心空了一角，距离一如岁月拉远了许多。时光如攥在手心里的沙子，多少的人世别离就这样随风飘散。

以我当年那不谙世事又脆弱敏感的心，怎能经受得住那些想象中真实存在的忧伤呢？

学生时期，毕业告别会上，轻泣声和沉默的泪眼，直抵我的内心，离别的情绪压在我心头最软的神经上，让我喘不过气来，捂着疼痛的胸口，在学校的树荫下流了半天泪。墙外的一角，青藤和不远处的叶子在黄昏中舞动，还有树上栖居的小鸟……都在撩动着我的伤感，我在夏日的分别中和那湿漉漉的牵手里，感受着分离在即、天各一方的情绪，然后在浓重的暮色里，怅然漫步。

一个青春少女的忧伤，在想象中升华，真挚而迷茫。

踉跄地走过了那不成熟的青春时期。如今，现实足以让人泰然处之，一如所有成年人，眼泪似乎被岁月磨砺得越来越少了。

如今与朋友离别，淡淡的几句叮咛、几个眼神、几个动作，便足以表明心意，几句轻描淡写的话语，仿若花香随意飘在空中，沁人心脾。然后在风中，听那沉郁的汽笛声在空中响起。对着那渐行渐远的声音，我摊开手心，报以微笑，不轻易伤感，让离愁，在岁月中表达成默然，在岁月中写下牵挂与祝福。把这一生中的友情收藏于岁月的书页中，让其越来越厚实，越来越舒展，然后，在余下的岁月里，安然细数。

一直以来，我喜欢一种类似于多忧善感、伤旧惜古之人。岁月流逝，在我走过青春、走向中年的时候，许多的偏爱便会在岁月中不经意地转向，转向另一种自然而从容的生命形态。我自身与生俱来的郁郁寡欢的性格，在无形中被一点点地覆盖，那不是消逝，而是和一种生命中所沉积下来的成熟的人生姿态融为一体了。我想，在这些散落的时光里，只有豁达的心灵，才能滋养从容闲适的情怀。

# 轴尽待收浮生卷

昨日傍晚，从医院归来，行于小区中。天空静穆，夕阳明丽，仰望西天，已然跃出一颗寒星。我喜欢在这样的时刻散步，可放下一天的疲惫，迎着那颗星走去，悠然，亦淡然。迎面走来怀抱着婴儿的邻居，也悠然而淡然，嘴角处露出平素难见的生动笑意。这笑意引得我停下脚步，俯身去看孩子。她一个小小的人儿，可以如此安然于天地之间，端然而大方地熟睡着，洁净的脸有着一种不可侵犯的高傲。那娇小的容颜让我疼惜，伸出的手不觉又收回，生怕触伤这襁褓中的俊美的小精灵。以后的日子，她便会经历风雨，经历欢欣。如此小之生命，以后迸发出的力量，

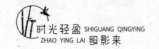

是难以估量的。偶尔也会传来笛声，在这寂静中，把人的千般柔肠勾引出来。这时候，我立于几株木棉花下。红色的花朵耀眼而又孤独，有着它独有的张扬与霸气。抬眼间，天边的那颗星与我对望着，这生生不息的人世，就从这婴儿般大小开始，就如这颗微亮的星。这些娇艳的生命，又坚强又美丽。

前些日子，我在后院的草地上，插上木槿花枝，几天后的一个清晨，便发现它长芽了。生命就是这样顽强，不用一根一须，就凭花枝，插于土中，便长出它的生命。细小的枝、弯枝处，小小的细芽就这样探出身子来，不由人拒绝。看着这细小的生命，感觉这时候的时间是静止的，与这样孱弱的小生命共处，让我感叹生命的强大，感觉到一种暗涌的力量，正于周遭蔓延，便不由得心生怜惜。于是我便不由得惦记它们，适时地为它们浇水松土，想着再过几个月，便有满树花骨朵，有许多粉色花朵在眼前摇晃，于是想象着摘下它们，放于锅中，便有了童年母亲煮木槿花的味道。这是我一直一直念着的"肉花"，将它放于我们的餐桌，它依然那么美丽。一个人，即便对它这样弱小的生命，生出来的情感亦是郑重的，亦是掷地有声的。

因为有个大露台，我不由自主地会种花，有石榴、海棠、茶花、康乃馨。它们在雨水及我的呵护下，一天一天艳丽，一天一天成长。我把大部分的时间给了它们，站于它们中间，远离尘世纷扰，不理时光。这些生命，有几滴雨露、几缕阳光，便绽放了。而我呢，而我们呢，常常为一些琐事自恼着，常常怨天尤人。为何不学它们，让自己清醒于尘世中，安然于生活中？

于现实中，忙碌着生活，待到毛病缠身，再也撑不住。手拿一沓沓单子，辗转于医院中，受尽折腾，也会在这个当口埋怨自己。处于这样的境地，在季节的雨水中，慢慢珍惜自己，获得一种十分遥远和缓慢的醒悟。

邻床的大姐始终沉默着，有时流泪。我淡淡地看着这一切，知道再过些时日，她便会面对现实，而不是这样以泪洗面，那么在这样的过程中，让她尽情哭，尽情沉默。那是一种身体没醒而依然沉沉睡着的姿态。那是一种四肢松弛、睡至梦中自然呼吸、眼睛不必睁开的姿态，是一种睡得身子烂如泥，而心却如火于冰中的姿态。然后，便慢慢通顺，便知面对是多么重要。

在她还在哭泣时，我坐于床上。我是一向喜欢安静的，她的哭泣声，让病房显得更加安静。外面春雨绵绵，我沉浸于这样的阴雨之中，在这个春天的清晨，心无杂念，感到病房也格外柔和，我便可以单纯如婴儿，不必为了生活而忧心，亦不必为人生有遗憾而感慨。这时候，钟摆可以无声无息地停止，时光亦不再向前行。我依然闭着眼，却可以清晰地看见尘世展现出的剖面，一如古老的松柏，有着圆圆的轮廓，散发着松香味。在密集的年轮里，我看着自己，在春天的季节，静静躺在床上。临近不惑，爱文字如爱生命，易悲易忧易怒，头顶有数根白发，喜静，除爱好写作外，亦爱尘世的种种。我注视自己，目光偶尔客观，偶尔理性，如看一棵树、一株草，想以往数年，为生活奔波，却皆不如此时此刻真实、彻底而公允。抛去心中执拗，这绝不是一时兴起，亦不是慷慨激昂，只有淡定与平和，没有机锋，亦没有归隐之意。以往的日子，常常与风同尘，与云同舒卷。此时此刻，我却是心底坦然。不必清高达远，不归隐，不超脱，不疏离，亦不边缘。于现实中，公允地看着自己的本色，于质朴、至善中完善自己。

也会经常回乡村。感受朴素，平静下来，也会在父母的家中安稳生活着。常常看着父母，相对坐着，弓着背，一如一对皮影人偶。感叹那句话"父母在哪儿，故乡便在哪儿"；也感叹"父母在，不远游"。如若可以，一直这样承欢膝下；如若可以，常伴于床前，那是何等幸福。

偶然听父亲说，他的命已算于今年而终，虽不能全信于"命纸"一说，但心终还是一颤。父亲的头发已找不出一丝黑色，脸却越来越黑，皱纹越来越深了。

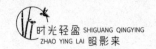
也因为父亲的那句话，我便去联系旅行社，催父亲随团游京。父亲微喜的面色，让我的心沉了下来。母亲执意不去，便随她罢了。总希望他们二老能在有生之年，无遗憾不伤悲；也希望自己能活得好好的，比他们更好，才有能力照顾他们。也记得父亲的那句话：莫亏了自己。

今晨，接到友人电话，她因为肿瘤，明早九时手术。声音淡定。语气中没有太多情绪，只说，已接受现实，不再脆弱。

我的周围，许多的人走了，又有许多的人来了。走了的悄无声息，来了的亦是悄然而至。生命总得承受着、超脱着。我可以看见自己的世界，亦可认识或记起能随意想起的人与事，因为生命的短暂，我开始学会珍惜。在与他们面对面相处时，亦不再执着自己的立场，因此，就没有面红耳赤的争吵场景和争吵后的不知所措。我竟意外感受到，我与许多的人是心灵相通的。一如《金刚经》所说："无我相，无人相，无众生相，无寿者相。"所谓"若菩萨不住处相布施，其福德不可思量"。那么，放下，便轻松了。

友人的手术还在进行中，所有的祝福都一并送与她，为她祈祷，亦于心中，一问一答间，问题接连发出，不待答，许多的感悟便如地平线初升的太阳，一如人生初见，满目光明。


# 午 后


宁静的午后，于我来说是一件极好的事。听着音乐，写点东西，我不经常这样，但是，终是要有这样的时刻，偶尔，不必太频繁。我想用鸟过无痕的感觉来形容。现在想来，这并不是最好最准确的，有时想，其实顺其自然就很好。没有太多的牵绊，没有太多的情感纠缠，中年后的我，喜欢这样淡然的、平静的、如水般的日子。终究还是无法这样的。生活中的种种还是会压得人喘不过气。不过，有这样的想法不是件坏事，将两三心事付与明月、苍野。

我经常要买些书，但不是所有买的书都看。现代人多少有些浮躁，民国时的很多书经常是买不到的，这是遗憾的。此刻的电视播着一个节目，不是太喜欢，如今的很多节目都不是原来的样子，原来做节目的那些人都老了，现在这些节目做得多少还是有些潦草，像是应付又像是讨好。说着故事，也要哭，讲着经历亦要哭。哭多了，人们也习惯了。没有深度的学问终究经不起岁月的考量。大多节目很"年轻"，也很短，这也和现在人们的追求和环境有关吧。人们都喜欢"快餐式"内容，赶紧哭完、笑完，然后就没事了。我经常去网上买书，也会找些时间看书，我不知道现在有多少人会买书，看书的人也许更少吧？网络上的心灵鸡汤令人眼花缭乱，其实都是无病呻吟。假如，作者真的碰到文中的某件事，不知他或她会如文中提及的那样吗？感觉是很难的事。快餐式的阅读终是不能入心的。经年后，日子改变了，心境也变了。

中年后，新认识的人更少，做的事更少。这里的"少"，并不是通常意义上的少，而是说，经过岁月的打磨，一些人和事，在这个年纪便可分辨了。不必走弯路，也不用去讨好。人生很短，中年过后便是半生了，经历种种，足以明了，亦叫知晓吧。

其实今天有想找朋友聚会的念头，但我是个不太主动的人，算是一种惰性吧，所以，没有付诸行动。后来想，算了吧，也许大家都没时间。我就是这样替自己找理由的，有点可笑也有点可怜。有些情感竟可以用"千山鸟飞绝"来形容，就如我这样，有很多的情感想表达，笔锋一转便丢弃了。然后自己就遗忘了。就如家婆，转个头就把前面的话给忘了，也并没察觉。我与人的交

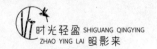

往一直都是平淡的、有距离的，我不知道这是好还是不好，总的来说，感觉这样的距离可以交心，但是，不要一直去经营。前面我说我是个懒惰的人，很怕要经营的情感，就是觉得在的就一直会在，不在的就随它去了。这是寡情吧。所以，我不知道，现在还在我身边的朋友是不是厌烦了我这样的个性，他们应该都是胸怀宽广的人。

刚刚接了母亲的电话，我感觉到了她的兴奋与期待。做了二十五年赤脚医生，取消时，以为就这样了，没想到年老了还会有领补助的机会，她很兴奋，我却有点担心。我不知道最后能不能真的通过，如若没有，那她该有多失望。并不是多少钱的事，而是她以前的辛苦原来没人知道，也没人关注，现在突然有人关心了，很是欣慰。假如这次申请失败，她最为伤心的应是被忽视被遗忘，她心痛的是这点。小时候，目睹过她作为赤脚医生的艰辛，如果这次不能通过，我亦是会陪她伤心的。

此刻，六点十一分。已经到了要吃晚饭的时间。家里很安静，因为这样，所以想了这些，思绪有点乱，有点不知所云。偶尔这样很好的，给自己一次放空的机会。所以，不管了，搁笔后，不理会。愿自己安。

# 梦·飞·雨

## 梦

需要一个地点，需要一个词，需要你连着我，与梦搭配。敞开的一道门，黑暗中坐着，误入了一个人。枕中卢生，柯南太守。雁带着一种幸福，飞入心中。

一双手伸入梦来，握住，温暖的是否只是梦？那双眼别眨，不要惊醒我的梦。请你来，别拒绝，入梦。请你伸出手，握住，别放手。

梦继续着，美丽，点缀梦的边缘。梦中，只有一种色彩。

梦里有一个身影。太息般的声音，入侵耳膜。谁在唱？谁弹奏？你说：我唱，我弹，花落人不知。我说：我有一个花梦。请你来，笑对着，入梦。请你伸出手，握住，别放手。

梦里，滴落一滴泪。梦湿了。淹没了一个过错。几句诗，踩过，再也没有踪迹。梦中的灵魂，点亮浪漫。请你来，别走，入梦。请你伸出手，握住。

一起握住梦，然后，出梦。

## 飞

一池湖水，没有皱纹。对湖梳妆，今夕何夕？你一身沧桑，只见一双明眸。一瞬，心底便留下亮丽的光影。一个身影不小心遗落几句诗。诗，赠给碎碎念的我。

一行脚印踩出思念。飞吧，一个声音这样说。

初春，端在手中的不是酒。岁月，在春风的吹拂下，悄悄地绿了。桨，轻轻地将水推开。桃花，将会唱醉一座山。去年的燕绕檐吗？

飞吧，你说。

屋檐落水了，一滴两滴。落在水杯中，潜入季节的骨髓。来一场醉吧。暖过，一脸笑容。任何一滴水，都会润了枯枝。世界也会收到绿的颜色。

燕，沿着巨大的天空，回来。我说：你看，燕飞回檐下。

## 雨

雨，细细蒙蒙。远处，模糊。看不清你的脸。最美好的水，让人间记住，记住她的痕迹。泪水，和雨一起跌落，锋利地割破

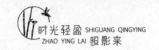

寒冷。这是不是桃花和水赶路？还有我和你。

有没有一把伞把我们和雨分开，撑起我们的故事？

无味，无尘，一场雨，细细密密。你的手中握着一把唐诗宋词缱绻的纸伞。我低头想起曾倚窗凝眸的相思。挥之不去的凄清空巷，你可还记得我曾是明山媚水中的一滴雨？

走不出的相思，隐在雨中。请你别在雨中落泪。让我在雨中轻轻地拾起，轻轻地整理。你轻轻地漫步吧，那盈盈水花，是我们思念的花朵。

# 茶之纯素美

## 茶　饮

茶多出自深山幽谷，品性高洁，不入俗流，得益于山野宁静的自然环境。茶圣陆羽在《茶经》中指出：茶至寒，最宜精行俭德之人。古人认为，茶能清心、陶情、去杂、生精。茶寄托着人类高洁清雅的情怀。佛教是以涤净心灵之凡尘，求得明心见性，超脱生死，自度度人为目的的宗教。两者有许多共通和重合之处。

一如苦雨老人所说："我们于日用必需的东西以外，必须还有一点无用的游戏与享乐，生活才觉得有意思。我们看夕阳，看秋河，看花，听雨，闻香，喝不求解渴的酒，吃不求饱的点心，都是生活上必要的——虽然是无用的装点，而且是愈精炼愈好。"

不管你怎样沏茶、在哪里喝茶，品茶的时光，会成为放松的美妙时光。人们返璞归真，不再心为形役。一如茶树自然地伸向天空，植物自然而然地转向阳光。三五知己，安静地品上心怡之茶，回归到谦逊而自然的自身。努力在喧嚣的尘世之中寻觅一种纯净、安然之音。

"饮茶以客少为贵，众则喧，喧则雅趣乏矣。独啜曰幽，二客曰胜，三四曰趣，五六曰泛……"细想，其中的深意并非单以人数的多寡来断定，远离嘈杂喧嚣，回归内心的宁静和淡泊，才是饮茶的本意。

不论你泡的是娇容素裹的白牡丹、纯净清新的龙井，或是风情万种的祁红；是雍容华贵的东方美人，或是韵味十足的铁观音；是老成持重的熟普，或是内敛、典雅、韵味十足的水仙……便于彼时把这山水间的纯朴连同那天与地，一同泡于茶盏，任其翻滚，一个人或几个人，安静地坐在角落里，一首舒缓的音乐，如茶水一样漫过心际，享受那一刻的慵懒。浅浅的风吹过，惊醒了眸中的宁静。于这样的静谧间，盈一怀恬淡，任指下翻动岁月。时间似唯美于那一瞬间，在茶与水交融中升华。

素笺心语，低眉含笑。于续水间，感受一番心境，滤去浮躁，沉淀深思。来一场欲语还休的沉默、笑看人生的快意，一种"千红一杯，万艳同窟"热闹后的落寞。看着茶叶的翻滚舒展，感慨世情冷暖，浮浮沉沉。

一杯茶，包容了悲喜，亦接纳一切友善与不友善的亲近。是夜，茶香满室，杯中茶由淡变浓，浮浮沉沉。于这浮沉间亦知晓何谓坦然，何谓素雅。纯素之味，于此处得以平和地表述。

## 茶　席

茶席，原指坐卧之垫具，后引申为座席、席位及酒筵。茶席泛指习茶、饮茶的桌席。它是以茶器为素材，并与其他器物及艺术相结合，展现某种茶事功能或表达某个主题的艺术组合形式。当你遇见茶席与茶相守，便知这期间渐成的内容，以及茶的轻盈与厚重。

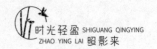

　　四季更迭、晨昏交替，节气之转变与空间所在，亦是泡茶之人所需积累的生活素养。若得一方寂静，最能让人真切感受到茶的优雅韵味，此间便可喻为为茶而生的器具。无论是唐代陆羽创制的茶器二十八式，还是宋代审安老人的十二种茶器，抑或现代茶席的茶道六君子，深谙饮茶之道的泡茶之人总能从一壶一杯的交替斟泻之间，在心里慢慢勾画出将要喝到的茶的味道，而后茶香四溢，一室幽静，这便是茶席之妙处。

　　茶席中的静与茶与器与空间融合对应，有意或无意地呈现着心灵的状态，并于不经意间掌握审美的规则，有形亦无迹可寻。于你抬眼间让美变得更可控。

　　某日，天气微蒙，选择自己喜爱的一款茶，沉醉于一场无我的茶事。回归到简单，与生活关联度越高就越有力量，这便是茶席的气韵。令人于这纷繁的世事间仅空出的不多的时间里，将自己安放于这一方茶席，盘膝而坐，耳边甚是清静，享受那片刻的慵懒时光，无论能否入茶参禅，都不愁把烦躁赶跑。小桥流水，丝竹于耳，亭前听昆曲，雪中泛太湖，小聚同好。一席茶，一池荷，熏香迟暮，花馔青灯。

　　一如那"琴拨幽静处，茶煮溪桥边，书约黄昏后，剑拔不平时"，一如"行到水穷处，坐看云起时"，一如"高卧丘壑中，逃名尘世外"……

　　席地而坐，清韵一曲，不理时光，透着点古旧，也许还会冷清，有那么几天，有人会慢慢踱步而来，丢弃所有的面具、华丽的修饰，一壶茶，一时，一日。

　　说不定是哪个夏夜，空气中回旋着炎热的气息，你于此间，立于那一席素色之中。看不到的安然，于你周遭漫开来。凉气便扑面而来，在黑夜与白昼之间，还原季节最初的清丽，亦还原这纯素之韵。

## 茶　服

初识茶服是几年前，于一间茶馆里，见一素衣女子，不算漂亮，着那一袭素衣素裙却有一种飘逸之感，随着她的走动更似一缕无尘之素。谈话间，知晓这便是茶服。后来的日子，不再提起。只是此间美好于心中深深收藏。

茶服始于汉，是一种有着千年历史、专适用于茶事活动的职业服装，一般以苎麻、粗布制作，取意"静、清、柔、和"，突出素雅、质朴、舒适、大方。纵然史上对茶服着墨不多，但唐周昉的《调琴啜茗图》、宋徽宗的《文会图》、宋女分茶画像砖等无不间接或直接地展示了历代茶事活动中的服饰之美。历史精髓的积淀最能彰显茶服的深厚底蕴，无论你细观还是一眼而过，亦无法忽略那优雅与端庄之美。

若说女子如水，那么，着茶服的女子便如晨露，那份灵动与素洁，于世间行走，令人无法忽视。似于那阳光下，照见前尘作云，隔世为雾，今生只在某一天，以圆润以静以优雅以无争的样子示人。若有缘，阳光下便能见到它以泪滑下的姿势，悄然委婉地、猝不及防地入了心，无痕无迹，滑落无声，亦不会扰乱你的平静。你若无视，必是无缘。

若说女子如花，那么，着茶服的女子则似浅濯幽曳的青莲。独立于风中，不与世争，自有她的美。一如乐府的诗句，温婉、安静地在塘的一角，带着一场悄无声息的涟漪荡漾。浅香低出，静静地开在一水之间。她立于水中央，栖于清幽灵境行经处。脉脉不语，但仿若心事万千，细探却又不着痕迹，淡定中沉淀出岁月无法蹉跎的美，婉约而动人。

茶服之美，于茶香宁静处透着的那股东方神韵，宛若古典水墨丹青，在时光深处，波澜不惊，蕴藏着起伏与浩荡，每一次迎着风荡漾与合拢着，伴随着根茎深处骨感的安然，袭上路人的额角，悄然绽放。就这么清雅着，这么庄重着。茶服之美，纯素无尘，这便是纯素之美。

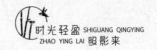

# 季节漫想

不知不觉中，已是仲夏，而今年的夏天，似乎有别于往年。这个季节应是日头正烈，可是，我却感觉不到炎热，细雨飘落，好像春末时节。

在医院门口等车时，不经意间发现了一道彩虹，这是只有在这个季节能常见的美丽。我静静地站在那里，站在微微飘着细雨的石阶上，看太阳从云缝里直射下来，感觉着这一刻夏日彩虹的灿烂与惊艳。有一丝丝缠绵悄悄地徘徊在心的一角，等待着一次关于季节心语的探讨。

时间一点点流逝，这是一趟从一个城市到另一个城市的末班车，不知为何，班车比预定的时间晚了。也许，很多时候都会如此吧，班车总这样迟到，使得人们在等待中略微焦急与不安，也为一天的紧张留出一点寂静的空白。

我不是个急性子的人，习惯了太多次的等待以后，心境变得平静。在等待中，知道了一些生活的道理，一切自有安排，车总是会来，日子总是会向前，像那渐渐淡去的彩虹还有渐停的细雨。而我们，只需静静地等待，静静地欣赏。

季节亦是一种牵挂，我常常一个人从这个城市走进医院，又从这个城市的车站走回家。在牵挂中行走，从当初的迷茫到如今的坚定。从家到医院，就如从季节的这头穿向季节的那头。这一头，是家里那些芦荟与万年青是否需要浇灌？卧室的窗幔能否抵挡正午的阳光？孩子的小花是否被晒干？父亲的咳嗽是否好些？母亲的腰还痛否？昨夜没有完成的文章该有个圆满的结局。那一头，药水滴入体内，痛苦的同时又感受到生命的存在，失望的同时，又感觉到希望的陪同。孤单而又不寂寞，就这样匆匆地往返于城市的缝隙中，日子里的风尘依旧，季节的轮回依旧。

眺望着这个车水马龙的城市，不远处的人们在不停地赶路。我所期待的班车也许此时正行驶在城市的某个角落，我想我也许是这个城市的一个标点符号，或者是一个暂时的停顿的音符。

班车没有抵达，我在期待寻找一个时间空隙。漫无边际地想象着，有一种稍纵即逝的闲趣，一种无法保留的从容。季节也是一种感叹，亦是一种争执，我常常尝试着去扮演一个个故事中的主角与配角。很多时候，生命的意义在于行动，亦在于等待，并在行动与等待中体验着活力与感动、静谧与美丽。许多年后，故事终有结局，而舞台剧终会落幕，主角消失，配角亦是如此。而生命整体正如旁白者的断言一样，安静着，从容着，跳跃着，并定格着。

季节亦是一种升华，我抚摸着心灵，感慨片刻，浅浅地在心里最深处点上句号。我没有错过季节的每一种色彩，包括它的浮躁与热烈，它的飞扬与孤独，还有它的寂寞，我亦是在其中享受了宁静与坚持。想来，季节是善变的，亦是奔波与宁静的完美组合。

一阵风吹来。没有人知道风从哪个方向吹来，但我分明感觉到风中充斥的阳光的味道。这奇妙的味道，一如一声声驼铃声清脆的回响，以及我孑然前行的背影。

生命本质是孤独的，我们都活得艰辛，世界有失望亦有梦想。寂寞时，想想心灵深处的那一抹温暖，风便会随之吹进我单薄的灵魂深处，让我更深切地感觉清风的轻拂。

我站在渐渐灰暗的站台，看着由远而近的末班车，在寂静中驶来，一种深深的孤独与充实伴随着我……

# 第二辑
## 苍山素野

是文人骨子里的清愁，它一展其韵，便是惊艳。

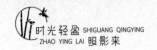

# 清新漳平，美丽无限

"云天收夏色，木叶动秋声。"此刻，薄云轻荡，凉风习习，美丽的漳平等你来。

漳平是一座古老而年轻的城市，于明成化七年（1471）置县，名取自"邑居漳水上流，千山之中，此地独平"。地貌向有"九山半水半分田"之说，境内沟壑纵横，山峦延绵，重崖叠峰，亚热带季风气候赋予了这里丰富的生态资源。明代旅行家徐霞客两度入闽至漳平考察地貌、河脉，并著有《闽游日记》，他亦被这里美丽的风光所吸引，流连于这里的美景。

漳平是一座具有五百年历史的古城，历经沧桑依然鲜活亮丽，这里因交通便利，吸引了五湖四海的朋友聚居于此。这里既有久远的中原河洛文明遗风，亦有博采的客家文化，又呈现了南国独有的婉约风情：秀丽的山水，旖旎的田园风光。"三乡文化"茶、花、画，依然沿袭着它独有的传统特色。占建筑传统民居、廊屋风雨桥、宗族祠堂等不仅承袭了河洛遗风，亦融入了闽南风情。赛龙舟、舞龙、迎竹马、庙会、采茶灯、花船等，无不体现漳平民间风俗文化的精彩与多元化。

若你来漳平，清晨可漫步于榉仔洲公园，站在振文塔下与古老的香樟树对话，再悠闲地走在九龙江边的栈道上，看那江面长堤卧波，看那过往的时光画出的一幅妩媚的风景。远眺东山塔，你仿佛能听到那个古老的故事，看到两塔之间蜘蛛丝依然相连。你可以到"何必漂洋过海，眼前即是南洋"的南洋小镇品一壶水仙茶，再到水仙茶园里走走，看那山水一色的清韵。你可以到新桥，这里是诗吟"提学起穷陬，翡翠鸣禽族。既领开封解，还司浙江谷。板舆一何荣，衔恩听绣服。卢陵昔咨赏，紫阳亦见录。名论嗟不传，当时照场屋"的北宋进士刘棠的故乡，还是入南京国子监读书，受学于广东湛若水、考中进士的曾汝檀的故乡。这里也是农民画的故乡，在这里可以感受新时代的农民充满智慧的朴实画作；你还可以在灵地神秘的围廊式土楼民居古建筑泰安堡里感受那古朴的韵味；也可以在宁洋古县，清风秀骨的双洋古廊桥感受小桥流水的诗意；亦可在明代曾任南京守备，政绩斐然、八下西洋的外交家、航海家王景弘的故乡——"百姓村"香寮古村落感受天台山悠远的历史，香山桥的民间故事，百姓村日出而作、日落而息的平和与宁静……

若你来漳平，这里的夜市不打烊，你可邀上三五好友，到九龙江畔灯火辉煌的不夜城里举杯对酌，家长里短，说古道今，江风轻拂，灯光摇曳，你便会生出"酒逢知己千杯少"的感慨来，直到启明星闪烁，直到清晨的第一颗晨露滚落……

你还可以品味那精美的漳平风味美食，口感细腻的米浆粿、清新鲜嫩的萝卜糕、金黄香脆的油炸粿、色泽黄亮肉质肥嫩的漳平笋干、鲜甜可口的拱挢番鸭、里香外嫩的冬至包、样式繁多的中秋女儿饼、咸香肥美的宁洋风鸭……每一道都各具特色，令人垂涎三尺，回味无穷。

漳平山水相连，风景如画，先后被评为全国休闲农业乡村旅游示范市、福建省十大空中最美家园等。

水上茶乡九鹏溪是国家 AAAA 级旅游景区，是漳平天台山国家森林公园核心区。九鹏溪风景奇丽，融合森林旅游、人文旅游等特色。以水体景观、植被景观和茶文化为基础，开发了九鹏迎宾、九鹏食府、漳平红酒坊、水上别墅区、百竹园别墅区、水木年华会所、霞客广场、公馆茶轩、森林氧吧、宁洋古道等景点，开通了往返湖面的游览线路，已初步建设成为"倚画舫游船，品水仙佳茗"之地。

若你来，你可以到水上茶乡九鹏溪旅游 AAAA 级景区，感受九鹏溪奇丽的风景，在展翅的九鹏前留下你的身影，在红酒坊品一品漳平本土美酒，在水上别墅区乘着小竹筏与白鹤共舞，再到霞客广场与仙风道骨的徐霞客塑像合个影，去探究他为何会两度入闽至漳平考察地貌、河脉，被这里美丽的风光所吸引，流连于这里的美景。去宁洋古道那历经沧桑、磨尽岁月的石阶走一走，再到森林氧吧里穿过青山，绕过绿水，翻过青坡，越过水仙茶园，热了扑进深山渗出的水潭，倦了躺在自然赐予的草地。这时世界都是你的，抛去世间的烦恼，回归自然，尽情地享受大自然赐予的恬静。倾听着与世隔绝的鸟语虫鸣，倚画舫游船，品水仙佳茗；聆听山水清音，食山乡野菜，尝水泽肥鱼。到了夜晚，你可以支起帐篷，生起篝火，与友伴在九鹏溪林间、溪畔一起歌唱，伴随着小鸟的歌声，明月入怀，优美地唱上一曲《月亮代表我的心》。

永福樱花园是 AAA 级景区，被台商亲切地誉为"大陆阿里山"的永福台创园。1996 年，台商来这里落户生根，不断发展壮大，至今高山茶的种植已经形成了相当的规模。目前它是福建省（中国）台湾青年的创业基地，是"中国的杜鹃花之乡"，是"中国最美樱花胜地"。

若你来，一定要到永福樱花园，你可以看到"中国樱花美，永福最先开"。万亩茶园套植樱花，横亘山间，旷远清新。春意渐浓时，十里樱花竞相绽放。茶色翠绿，樱花粉白，茶园披上了一层唯美的纱幔，隐现三千里轻柔的烟水。在自然与灵魂的享受中，牵着你心爱之人的手，高歌一曲《花好月圆》吧，歌声会回荡在烟花处。你看，你在看风景时，你也成了风景。这是一份独特的温柔，这里是人们心中的"诗和远方"。

先品一品金黄透亮的永福高山茶吧！你会感觉到那甘甜、香醇的汤水入喉舒畅，回甘无穷，满口含香。再去品味精美的台湾美食，你不必跨过海峡，便可在这里感受台湾精致的美食文化，每一道都各具特色，令人垂涎三尺、回味无穷。这里有清透醇香的"金门高粱"，让你感受来自台湾同胞的热情与期盼，喝一口"金门高粱"，醇香入肺，情意浓浓。这里更有沐着霞光的毓秀塔、古韵悠悠的惠宁桥、经过岁月沧桑依然矗立的千年古堡长青楼，他们在时光中独特地矗立在现代风景里。

再到漳平奇和洞遗址看看吧！位于漳平象湖镇灶头村的奇和洞，距今17000—7000年，是一处旧石器时代向新石器时代过渡的史前洞穴遗址。"北有山顶洞人，南有奇和洞人"，奇和洞神秘秀美，来看看这里的古物与环境是如何和谐共存的，了解一万多年前的"南岛语族"祖先的生活。智慧的他们把生食变成了熟食，这里就是"中华第一灶"，灶头村的名字就是由此而来的。你是否有那个冲动，来看看，感受一番？那么，从灶头村的奇和洞开始，你踏出的每一步都是稳妥的，你一定会拥有好"兆头"。

来吧，朋友，让我们在诗意的风景里相守，守住心灵的那一方纯净，守住安然和欢喜。让我们在最深的红尘里相约，相约美好，相约漳平！

# 长夏江村事事幽

盛夏，去雁石大吉，赴一场文学的聚会。去的时候，天气阴沉，云层浓厚，本来以为应该是个阴雨天，以为无缘见好景致，但在去往雁石的路上，过廊边的石板路时，突然看见一团太阳光移过来，越来越亮，一点点透过云层。我耐心地等在那里，一直仰头看着，直到它完全穿透，整个浑圆的太阳高悬空中，洒下无

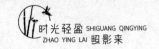

边的阳光。

　　少时去龙岩城必经雁石镇。记得第一次去龙岩，十二岁的我坐在摇摇晃晃的中巴车上昏昏欲睡，身边的父亲推着我，说："闺女，快看雁石桥下的那个石雁！"我抬眼朝着父亲手指的方向望去，果真，一个如大雁形状的石头在雁石河中间，栩栩如生，那是一只仰头的石雁，让我生出许多的想象。我问父亲："这是雕刻的吗？"父亲摇头，说："不，这是天然的。"父亲脸上的微笑里有自豪，好像把这件事告知我是一件令他非常欣喜的事。后来每一次经过这里，到了这座桥时，我都会往车窗外看，寻找那个石雁。每次也都会告诉和我一起去城里的朋友，十分自豪，就如我父亲那时的神情，一种与人分享的欣喜。

　　大吉，一个熟悉又陌生的地方。大美大吉，吉祥的地名。早知它的名，却没有深入走进它。对它的向往与好奇，均于心中，待走进才知。

## 行走大吉

　　这是我第一次到这里，但是觉得仿佛来过很多次了。以至于有些恍惚，仿佛是在这里住了很久。许是从小在乡村长大的缘故，这里像是旧相识。大吉，很是美好的两个字，默念着，心中也生出一种欢喜之感。走在乡间小道上，应该叫水泥小道，纸风车迎风转，五颜六色，乡村的景色如此喜庆，看了人也快乐了。

　　大吉民居与我家乡相同，五房一天井，亦有下堂、中厅和角厅。更旧的老厝屋檐呈微飞状，但并没有我老家的明显。这是否和风水还是老"字"或厝屋里的官、财有关联，不得而知。我把它归于风俗。走进民居，平淡中透出岁月之痕，我极喜欢这样静静地看着，好似时间可以倒回。见大门口一位老人拿着扫帚，赶着鸡，嘴里还轻轻叫着，这场景太过熟悉，像极了我曾祖母的日常。我心中便生出一种感动与亲切。上前与老人说话，我与她是可以沟通的，只因几百年前我的家乡也曾是旧龙岩的管辖地。时光仿佛回到了年少时，我与曾祖母生活的场景。

一座古厝边，一池荷花开得正好。远远看去，层层叠叠的荷叶遮盖了荷花一角，只露出那么一点粉色，有鸟飞过，也有蜻蜓立上头。池塘边的水草长得旺盛，盖去了荷塘一大半，没有打理的荷塘亦有别样风情。

村中的青壮年为了生计大都外出，很多人在外头打拼买了房，但亦会回家乡建新房，也许等到心倦了，时间适宜便会落叶归根。田里的庄稼长势正好，就算家中青年人外出，家里的田地一样被打理得稳妥。这里与别处的乡村一样，没有荒芜的田地，没有长草的菜园。老人为他们守护村庄，一如山中的一棵棵树，一如门前的风灯，站成了心灵的依靠，站成了风景。

"清江一曲抱村流，长夏江村事事幽。"此刻的大吉，是绿色的，是文人骨子里的陌上清愁，是农人的苍山素野，是游子心念的故乡。它一展其韵，便是惊艳。

## 苏邦煤矿

走进苏邦煤矿，其所在地是大吉。名字与大吉无关，还生生地牵出苏邦来，不知道是何缘由，也没在意这个名字的由来。后来得知，是因为矿区在苏邦，办公地点在大吉。站在三层楼的老旧办公楼前，站在空旷之地，看着那已生锈的门依然闪着光，食堂、会场、办公楼，眼所能及的地方，无不透着七八十年代的印迹。我仿佛已置身于那个人心向阳、激情燃烧的年代，时光在我的脑子里转换着时空，我仿佛在与那时的某一群人、某一个人对话。时间也许是可以重叠吧，一如此刻的我，与当时的他们，在这里走近，更近地感受那个已远去的模糊身影。

煤矿的宿舍，一排排20世纪80年代的建筑，依山而建，像极了布达拉宫。红色砖头，一如泛黄的书页，承载着它的历史与沧桑。斑驳的门扉，偶尔看到从那宿舍里走出的老住户，好像又回到了那段历史。像是又有人起了个大早，去早市遛了一圈，

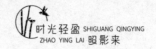

回来时瑟瑟发抖，空着手，什么都没有，倒裹挟了一身雾气，像是散淡游仙般。长豆子挂在篱笆上，风一吹，怎么也甩不去湿漉漉的露珠。还有一群孩子，在奔跑着、追逐着……只见那难以消去的斑迹，留在风雨里，成为一种永恒，在沧桑岁月中，形成一种令人缅怀之景，一种温暖的形象，铭刻于斑驳的红墙。

苏邦煤矿，几十年前的辉煌已不复。那段激情燃烧的岁月，承载着多少人的青春梦想，我仿佛看到那时一群充满力量、满面笑容的人奔向这里，和春天一起到来，鲜艳的容颜在阳光下神采奕奕。那时每一颗黑色的煤粒被紧紧地搂着，这方山水悄然踏实了，他们的脸从嫩白到黝黑，又在经年后，一如一群大雁悄无声息地离去，这里开始漫弥着寂静的气息，散在荒坡上、乱石间，在煤烟飞起的地方，在时光里、阳光间，一片片。

有风吹过，面对沧桑，我已看不到当年辉煌的天空，亦错失了观看灰烬形成的过程。这里已然站立成碑，无喜无悲，无言无语。

## 新村小院

走进大吉新村农家小院，已不是黑瓦黄土墙。新村几排新房紧紧相依，错落有致，户户各有特色，又家家相通。新村建设如火如荼，可见小家窃喜，在政府的政策扶持与农民努力劳作下，小康之象已然呈现。令人欢喜亦感慨。新村在众多旧式小四合院的包围中，华美与古朴穿插着，自成风格，亦有风情。

眼前的新式建筑，似欧式别墅，透着大气与典雅。宽大的客厅，真皮沙发，花梨木茶桌，精美的雕花透着秀气与稳重，新式台球桌又显出灵动与活泼。这里的建筑，华丽中透着朴素，这里的人，精明中带着朴实。走进院子，便可以感受到主人的热情，没有太多言语，一杯茶、一个微笑、一盘水果，足以表达朴实的热情。在大吉，这个满眼欣喜与绿色的乡村，显出如今农人的生活状态。

只见云朵三三两两地绕过山头，新村在绵延的青山里，日头时隐时现行于我们的头顶。风吹起我们的发丝，乡村清爽的凉意充满周身。新村的农家小院里，种了不知名的小花，弥漫着水汽，淡淡的，与七月的蓝映衬着，浅粉的，一眼望去仿佛是这屋主人的气质。有一种坚韧，这种坚韧有可能贯穿他们的一生，也可能是青春遗留下来的一沓旧信，在某个有星有月的夜晚再次呈现。翻读间，也许整个灵魂会被洗礼一遍，恍惚间，又看见了当年那些拼搏的背影。

# 悠悠古厝载光阴

漳平市赤水镇田头村，一个平常的南方小山村，青山绿水，小桥流水，寻常人家。炊烟袅袅，鸡犬相闻，安静中亦见勃勃生机。站在一座古厝前，苍茫中一隅安然。戳毂楼，这是我旧时去镇里必经的地方，每次经过这里，都会默默地看着这古老的建筑，本地人称它为"包楼"。这是刘氏民居，建于清乾隆年间。

我于早年间与这里的后人子孙有缘为同窗，曾在这里居住了两日。素年锦时，同窗好友相邀，我便走进这座古厝，也就是包楼。三进院落，那时感觉这里好大，走了好久也走不完，很多的房间，数也数不过来。

一直认为，有些事物是可以抵挡住岁月的，有些建筑亦可以安然矗立几百年几千年。在岁月的深处，看那些依然矗立眼前的古厝，你可以感觉到它们在时光中的温度，光阴愈久，就愈散发出经久不衰的气息。

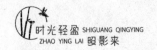

如今再走进它，眼前的包楼，雕梁画栋，屋檐呈飞起的燕翅形，坐西向东，占地面积 3900 平方米，土木结构，三落三进。青砖灰瓦，镂空花砖围栏，透着古典，隐着厚重。包楼为中轴建筑，由前坪、门楼、天井、内门、正厅、后坪、围屋组成，两侧有厢房和辅厝。正厅面阔五间，进深五柱带前廊，穿斗式木构架，悬山顶。前廊穿斗式木构架，浮雕花鸟。围屋为两层楼，平面呈半月形。走廊宽 1.15 米，房间长 4 米、宽 3.6 米。宅内有水井一口。共 120 间房。墙壁上印有"文化大革命"时期的各类口号。当时由 7 个房头合建，已繁衍了 8 到 10 代人。据统计，至今在这座房屋居住和分出去建房的还有 27 户 136 人。

包楼由乾隆年间的刘际兴牵头而建，这里的子孙早先繁衍于对面的老祖厝，即"述庆堂"，最早大家居住于述庆堂，后来人丁兴旺，兄弟分支单独出去，刘际兴牵头建了这座房子——戳縠楼。看此古厝，当初是下了一番苦心，亦花了大量资金，也从此处可看出，彼时刘姓家族于此地生活较为殷实。

包楼的前围屋大门朝南，门两边为螺形石刻，下方为狮身，进入围屋前有一个呈长方形的天井，由青石砖铺成，小草从青石砖缝钻出身子，或许这些不愿被湮灭的小生命见证了这座古厝的兴衰更迭。包楼的二进院为门楼，大门正中朝东，再进院亦是向东，天井开阔宽敞；正屋亦是传统样式，有大厅、正房、偏房和中厅、角屋，正厅屋顶屋梁雕梁画栋，栩栩如生，屋檐亦呈飞鸟状。墙壁水粉画作，有夫妻同行、儿孙满堂、各种寓意美好的花卉图……随处的壁画影影绰绰的光芒，罩住了岁月深处那些美好又欢喜的瞬间，随着时光辗转到我眼前，依然如此艳丽。

包楼大厅弄堂口有一扇木质屏风，不知是不是有风水之说，它挡在弄堂门前，弄堂门上写有：入孝、出悌，意为回家要孝顺父母，出外要敬爱兄长。这里的风物古风荡漾，我仿若古人，穿行于此处，抬眼见家雀，俯首见风影。让人刹那生出归去来兮之感。立于此处，再往那飞鸟似的屋檐外看，蓝天白云，古意深邃。

往弄堂门外走，便是辅厝，本地人称"横厝"，辅厝分上、中、下堂，辅厝里的角屋为谷仓。这个角屋最是让人心安亦发愁的地方。民以食为天，这里满仓，便是一年的安然；这里若空了，便是一年的不安与奔波。

我最喜欢的还是后院的几棵李子树、葫芦梨、青梢梨、早稻雪、柄梨，它们相安各处，相辅相成。你再抬头看，便可看到后院的围屋，二层楼，每间房屋不大，走廊亦是狭小幽深。它的表里河山，在这一砖一瓦、一花一藤中。那一丝丝情意，流转在季节与岁月的薄凉与浮华中，无法拒绝。黄昏或清晨，阳光洒在门楣上，洒在树上，婆娑的影是飘逸的，似那浮动的亮光，可望、可观却难触。这样的飘逸，与古厝之形妥帖相辅。古厝本是"半月"之形，仿若那初升的月，刚好到树梢头，有一点点灵动，一点点古朴。想象着古时这里的待嫁女子，倚于树上，思着未来，亦想着伊的样子；或新婚的女子，立于树下，抬眼间，有想郎君的柔怀，亦有想爹娘的亲情，似可以看到她那一双眼如两潭水，可以把你的心淹没于此，你亦是欢喜得不行。这时的古厝美好得令人窒息。

历史的尘埃，一点点地被提及，刘姓际兴公后人因苦于有钱财而没有官运，请来地理先生。先生说在屋后山上建造一座塔，这样不用几年就会出比较厉害的人，于是他们就在屋后尖峰的山上建了一座塔。该塔也被称为尖峰塔（笔峰塔）。尖峰塔由青砖砌筑而成，塔身和塔尖形如毛笔。该塔上小下大，内部空心，历经百余年风雨，仍十分稳固，保存完好。或许是刘氏家族的努力，后来果真中了一位举人，名刘志芳，生于清咸丰七年（1857），光绪十五年（1889）乡试恩科中第一百一十九名举人。其父良成高兴不已，由于慌张被车碓碰伤，当时还流传"阿山中举人，车碓伤良成"的话语。志芳中举后，受到人们的敬重，志芳亦与县太爷平坐公堂参与审案。可惜志芳英年早逝，

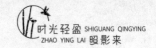

于光绪二十三年（1897）便撒手人寰。后来解放战争时期，刘仁蕃十六岁时成为宁洋革命第一区通信员。

当时，包楼里的人和睦相处几百年，若是哪里需要修缮，各家便自行承担，都极力维护，亦不去计较谁多出谁少出，家家自觉保护自家居所，周边的亦是主动维护，才有现在保存如此完好的古厝。每家院落都打扫得干净整洁。本地有些古厝大厝，卫生是个大难题，唯独这里，户户打理得整齐干净。记得少时我居住于此的两日，看他们白天各忙各的，饭时，上堂下堂相连的人家会拿着饭夹你家的菜、喝你家的汤；夜里收工，各家安静地各忙各的，并没听到喧哗吵闹声，孩子亦是欢欢喜喜，细声细语。这并非一日两日之功，应是日积月累而成的好家风。

悠悠古厝载光阴，离去时，回望戬穀楼，古厝斑驳沧桑，几百年风雨，它依然矗立在光阴里，不被岁月的尘埃所埋，于苍茫之中，稻田菜畦之间，空灵又朴素。走进它，仿若走进另一个世界，似可穿越至清代，那如火如荼的建造场面，是智慧，是执着，是亲情，亦是坚持，才有这一座包楼于此处，古朴端丽。千言万语，深深融进它的一砖一瓦、一草一木之间。

# 泰安堡前感其美

漳平灵地易坪村泰安堡，始建于乾隆三十三年（1768）。古堡主人许国榜，字抡豪，生于清雍正十三年（1735），卒于清乾隆五十年（1785），享寿五十一岁。为了守住财产，福佑一方平安，许国榜便择此开阔的风水宝地兴建坚固的土堡，取名为泰安堡，寓意国泰民安。

泰安堡坐南朝北，前方后圆，马蹄形，取自《周易》中的"天圆地方"之说，寓意与天地同寿，又有阴阳调和之意。古堡三进院落，沿中轴线有厅堂、庭院、卧室、厢房、回廊、粮仓等共大小 51 间房，2 个厅堂，2 口水井，建筑宏伟高大，牢固实用。取土、石、木材等简单材料建造而成，具有抗震、防风、采光、隔热等功能，集居住、防御于一体。主体建筑后面楼房为木构三层建筑，高 13 米，面阔 11 间、进深 1 间。中厅和前厅为单层。悬山式瓦顶，错落有致，堡内有木刻窗花、柱头垂梁和檩板、彩绘壁画、浮雕等工艺。前座二层二围，后座三层二围，东西宽 37.3 米，南北长 37.3 米，占地面积 2000 多平方米，建筑面积 1700 多平方米，属围廊式土楼与厅堂院落式综合的民居。

堡外坪为本地石头铺成，亦像半月形，大门为木质门，斑驳中历史痕迹清晰呈现于眼前，飞檐翘角，木柱青瓦牵引着围墙，围墙高 2 米左右，围着古堡，静谧而稳妥。这里的每块土垒、每道剐痕无不传达着古堡浓浓的古朴气息。大门略小，土堡建筑本为大气之形，但门却不大，应与古人信奉"风水"有关，古时这里的人建房子讲究"字"，开大门更是讲究"字"，若挑得好"字"与主人的八字相合，可保整个宅子人丁兴旺，一生顺遂，钱财丰盈，可守富。

走进大门，见土堡的墙很厚，天井长方宽阔。再往前为拱形门，拱门后雕刻对联"处事须知怀若谷；为人当学志成城"，横批为轴形打开状，里面刻"壮丽奇观"四字。对联大气，可看出堡主当初心怀雄志。又进拱形门，天井略小，门后亦有对联：待客闻笑共静坐；寄情退步自安舒。从此联可看出堡主是位雅致且有书香气质的性情中人。拱门内地面多为青石板铺成，两边是青石板铺就的楼梯，往上看，好像时间瞬间穿越到了那古韵浓浓的某个晨间，仿若看到穿灰白长衫的男子从楼上往下走，或许脚步匆匆，或许转头正嘱咐管家琐碎诸事。时间便在此凝固，是否我所猜想的人家当时的时光，正好与我们走进古堡的时光相互重

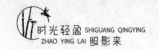

叠……女友的一声呼唤把我的思绪拉回，抬眼间，主大门已在眼前。从屋子的主体格局可见主人的心思细致且通透，站在门前望向里面，这一片天地，被主人安置得如此精巧，你无法拒绝走进它，无法不去探究这里的故事。但是，仿佛与它之间有一层薄薄的纱，你愈是想深究，它愈神秘。环视大厅，主梁浮雕栩栩如生，左右两边有屏风，屏风上留存着清代文人刘藜光的手迹《西铭》（作者张载，北宋哲学家），金粉漆字至今仍清晰可见："尊高年，所以长其长。慈孤弱，所以幼其幼……"用金粉画成的似喜鹊登枝、梅兰竹菊等画作依然艳丽典雅。

绕过屏风，走于东西两边的横厝。两边横厝天井内皆有水井，井边积有厚厚的青苔，在这古朴又寂静的堡内，青苔撑起一片绿意，亦见证了这里从繁华到落寞的点滴。古堡带着它独有的神秘，让我频频猜测，奇怪于这里井水水位其实是高于河床水位的，但井里的水却几百年不枯。堡内的水沟全部往东向上而流，堡内疏水却是通畅，亦没见水淹之痕。这是当初堡主与参与建堡人之智慧。行于堡内，踏上青石板小径，可知，青石板并不是当地的产物，这些青石板从何而来亦是众说纷纭，如今已成谜。亦有石阶九层，代表九五之尊。带有九和五的建筑是古代皇家专属，皇家以外是不允许使用的，这里却可以隐约感觉到它并不避讳。再探究《许氏族谱》载："许国榜天生卓荦，嗜学之人，诗书垂训，创业日增，润屋经营……恭以持己，礼以接人，迈常品慨，奕世芳名。"这里的家训则是不许做官。或许，从这些词句中，可以猜测点滴。

看堡内依然艳丽清晰的壁画，厅门边一幅彩画令我驻足。只见一人靠于榻上看书，一人立于书桌前书写，一人在左磨墨，这些古代人的生活场景好像就在眼前。整个堡内壁画尤多，有小姐扶柳，有孝子侍母……人物故事让你遐想无限。堡内的木刻窗花有诸多造型，如蝙蝠即"福"、寿桃即"寿"、鹿即"禄"……造型奇妙，栩栩如生，活灵活现。但于我心中有一疑虑，却少见雕花，猜想也许堡主难请到雕花能手，便弃此项。抬眼见堡内梁柱虽无太多精致雕花，倒显堡里大气了。

通过扶梯上二楼，木质走廊，房门斑驳，房内却不荒凉，梁色苍黑，却依然坚固。厚实的墙，小小的窗，墙底部有无数小洞。这亦是为战时所备，你可在此洞里攻打，可在此窗观察，外面的人很难攻进来。在兵荒马乱、匪患不断的动荡年代里，这座易守难攻、高大厚实的泰安堡让易坪村人躲过了一场场灾难，得以安居乐业、平安度日。二楼东面为男丁居所，西边为女眷住房，两边不能相通，亦可猜出当时遵循男女有别的古训。后座三楼东西相通，古堡在这里渐渐收起。有窗，每个窗上都有楣头，幽雅怡人。俯瞰东南，钩心斗角，各具寓意，十分雅致。几百年后的我仍可窥见堡主的良苦用心。

绕古堡走，最奇的是，堡内已长年无人居住，但并未闻到霉味，亦未见潮湿。全堡通透明亮，冬暖夏凉，我们走于堡内通体清凉。这又是先人的智慧体现。

行走在走廊之间，仿佛回到了那个久远的时代，凭栏而靠，望古堡屋顶，层层叠叠。或许当时这里的人们也在这样的时光中望向远方，或者在某个午后的阳光里，抑或上午的某个时辰，或在夜里某时，或太阳明灿，或雨声渐沥，或家犬声扬时，女眷们扶栏而望，她们的愁绪一如宣纸上淡淡的水墨画，被日月风雨悄悄化开，在时光的宣纸上，不愿褪色，成为岁月岸边一道古典的风景。

那飞起的屋檐，可载得动那重叠的惆怅？而此刻的我，看灰瓦屋檐，投影层层叠叠。木格窗子，冷的色调，一种情绪和浓得化不开的光阴淤积在此，脚底的时光缩成的影子被岁月拉长。寂静缓慢的时光，简单又无聊，颂词与文赋从来都可以寄于此，不管有没有人能读懂古堡最初的感动和诗意，这里一块块青石板，已然撑起堡内起起落落的岁月。平平淡淡的欢乐裹住隐约的哀愁，年华如水，堡内的曾经，荡漾的何止是故事。

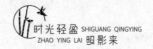
泰安堡前叹其美，它独特地存在于山野乡村之中，又与这里浑然一体，它并不突兀地融入现代的韶光和风景里。你会看出这里所有的光线都是金属的色泽，这样的光泽把你带回远古，心随之飘逸起来。与它一起历经岁月荒凉，或如轻盈的蝶羽，在浮华中坐拥明媚；或如晨钟般笃定，在恬静中变古旧。当你走进这里时，你会看到这里的沉稳之气，不是沉重，不是冷漠，而是有温度的存在。

# 人间正道是沧桑

轿车驰于省道，此行于我来说是心怀虔诚的。永福龙车，这个熟悉又陌生的地名。熟悉是因为我家本就离龙车不远，多次听过龙车的红色故事。陌生是因了这个地方有着红色情结的乡村，原名叫"朗车"，曾几何时，记忆中熟悉的地名已更新为如今带有龙字的红色乡村。

四十二公里，离城里不长不短的距离，恰好能让我在路上有了思考与期盼的时光。心绪随车子奔驰着，有一种向往，一种期待，一种言语无法表达的情绪，在此间随额眉或舒展或紧蹙。

龙车，扑面而来，熟悉的乡村场景，新建的房屋错落有致，偶尔飞扬的尘土告诉你，此处是欣欣向荣的新农村，这里有几千亩由勤劳的农人开垦的田地和自然力堆积成的绿色山峦，和风吹送，翻起了一圈一圈的绿波，此时的稻苗与花、果、树木和远处的青山，黄绿红错综织成一幅油画。不忘初心、牢记使命，龙车的建设正在如火如荼进行中。它隐在高山间，傍在溪水边，一如一幅正在创作的油画，"红色引领、绿色发展"的理念正一点一点为这幅画添加色彩。

眼前，一座红色的建筑，便是我们此行的目的地之一——龙车革命纪念馆。蓝天下，红色的墙，不大的纪念馆，却是十分庄严。随之映入眼帘的是那一幅幅历史画卷，龙车的红色记忆便这样随之掀开。血的记忆、泪的记忆，翻起的记忆，震撼我的心灵。这时你会真心佩服昔人所造的两个字——英雄，多少人信念的坚持，多少人血泪的付出，为了守护这一方净土，亦为心中那神圣的信仰。回想漳平市的第一个党支部、第一次革命暴动、第一个苏维埃政府、第一支农民武装队伍、第一支妇女游击队，多少个第一，铺就了英雄的血泪之路。

第一支妇女游击队岩南漳妇女游击队，我被这个称谓所吸引。"第一""妇女"，要多大的信念支撑，才能有这样的第一。你很难想象，在那个烽火连天的年代，穿着打补丁的棉布碎花衣的妇女们，怎样在炮火里奔走。救伤员，打游击，缝军衣、军被、军鞋，似乎在如今的电视剧里才能看到的场景，几十年前的她们，真正经历着，而且比之更加艰辛、更加残酷。你很难想象，就是这样的一群弱女子，她们创下了历史性的第一。要知道，她们一定也是女儿、母亲、妻子、姐妹……要知道，她们也是需要被呵护、需要被爱的。是那样的时代，让她们奔走于炮火里，她们心存大爱啊！一定是这样的，因为大爱，有些人便这样付出了青春甚至生命。如今，我只能站在纪念馆里观看遗迹，已经无法去见证她们的力量，已经无法感知她们的信念，亦无法见识她们的柔情。就是这样一群女子，平凡又伟大，让我永远记住了她们的故事，记住有这样一群人。

我的目光再次被龙车"阿庆嫂"吸引。陈宝英，一位普通的农村妇女，却做着不平凡的事。你可以想象，就是这样一位平凡又机智的妇女，怎样掩护了革命者撤退。我仿佛看到，一位如阿庆嫂一般的女子立于我眼前。枪放哪儿呢？水缸。子弹呢？油毡扎紧，置于旱厕、猪槽、草灰堆等，机智周旋……就是这样的女

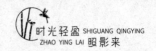

子，努力地保护着需要保护的人。龙车阿庆嫂，有胆量的女子，对她的赞扬无须用经过锤炼的语言，一如她朴素的心灵，这时涌起来的感想是"雄壮"，是"伟大"，她应是我们仰望的英雄。

参观完革命纪念馆，73名留下名字的烈士，还有更多无名无姓的烈士，多少的青春热血，多少的骨肉分离。一条长长的历史血泪之路。震撼的何止是心灵。天与地已经记下，记下曾经的一幕幕。

去往"游氏宗祠"第一党支部根据地，同样震撼。游氏祖上的红色故事，一遍一遍地被提及，被传出很远很远。朱德旧居"沂远宅"，邓子恢旧居……多少人的生命与鲜血铺就的信仰之路，多少离散家庭的成全，多少英朗才俊的坚持……满墙的照片，便是满墙的英雄，他们以其独特的生命接受世人的瞻仰，久久端详，心中的那股正气油然而生。一种悲戚随之而来，仿佛飞逝的时光都是墙外纷扰的俗世。而岁月荏苒，战火已了，和平的今天，我们走进这里，墙内的英气不曾泯灭，英雄的事迹依然传唱。

抬眼间，你会看见前面远远有一排或者三五株，或一株，傲然耸立，像哨兵似的树木。你会不自觉地发现，这里的树，它没有婆娑的姿态，没有屈曲盘旋的虬枝，它伟岸、正直、质朴、严肃。它的质朴、严肃、坚强不屈，像极了这里曾经战斗的人们，以及在这里生活的人们。他们经过几十年甚至几百年的努力，一如这里的树坚强不屈，一如这里的树傲然挺立地守卫他们的家乡。这样枝枝叶叶紧靠，团结，力求上进的树，象征了今天在和平年代努力生活的人们的精神和意志。你也会发现，这里的一切，也不缺乏温和，时光中的一切于灵魂深处如风一样疾走，光阴掏空可丢弃的点滴，时光又有力而清晰地保留可以存放的种种。"天若有情天亦老，人间正道是沧桑"，如同这当空的太阳，它折射出迷人的红色之美，永远留于心中，不会泯灭。

# 岳山茶事

岳山茶事。初闻它，因为"茶事"二字而关注，后来得知岳山是位老者之名，一位旅居台湾的著名书画家：陈岳山。因名而有的一茶馆，而有的一茶事。其实是因为亲情，因为情怀，亦是落叶归根的情结。

岳山茶事位于福建省漳平市官田排坑山上。周遭绿树环绕，云雾缭绕，茶树随山而栽，高低错落有致，它们于高山云雾间，吸收天地甘露精华，吐纳清韵。茶馆建筑大气沉稳，用茶道惯有的黑白色调，透着禅意，简约大气。茶馆以木头为主修建，可看出人与自然合一的设计理念，令我生出庄周所言"天人合一"和"清净无为"之感。

馆外铺就木头栈道，站于此处眺望不远处的山，雾不散，绕着山，亦围着山尖，在这空旷之处，伸出手，仿若随意就可拈起那轻轻浮动的云，亦可用指尖掐下云中微露的山尖的露珠。再低头，便生出一览众山小的豪气来。于彼时，深呼吸，仿若庄周梦蝶。此时，瞬间的我，时而是自己，时而是众山，和这里的万事万物合而为一了。

殷殷迎来的茶馆主人温暖和善，一派通透之气，似可洞悉人心但又微笑不言。他身边的少年，亦灵动率真，像是不经世事，又万事通达。许是离俗尘较远，不离尘世，又不深陷，二人身上，有一种朴素飘逸之韵，亦可说纯素之韵。与馆主谈话间，所有的不易于他口中说出，便都是云淡风轻。心中没有积淀，哪有如此沉稳与洒脱来？想必，他的心中一定收藏着万千故事。

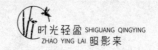

　　走进茶馆，茶席几桌，整齐典雅。每桌各有韵味，只是都散发出一种寂静气韵。馆内透出的禅意并没有压迫感，倒有几分古朴清静。每处插花有着茶道的美感，亦有着它的深意。你看是这种意思，他看又是另一番理解，这便是茶道里茶席间的插花艺术。任你如何理解，它都在那里。馆内注重细节，每一处都找不出不妥，让人欢喜又敬佩。有一角落放着一架古琴，与此刻缓缓流出的古典名乐正好契合。我们是俗人，无法拨弄它，却令我想起了《高山流水》《广陵散》《渔樵问答》这些古曲。如此清雅之处，恐污了它的雅致，便匆匆离开，不再打扰了。

　　品一口这里的"山行"特有的高山茶，直润心脾。"神农尝百草，日遇七十二毒，得茶而解之。"唐朝中期之前，茶用荼字表示。古人视茶为苦菜。但凡味苦的植物蔬菜，大多可清热、凉血、解毒、明目。便余下旧称煮茶、吃茶、茶汤之说。明人张源在《茶录》中也说："饮茶以客少为贵，众则喧，喧则雅趣乏矣。独啜曰幽，二客曰胜，三四曰趣，五六曰泛，七八曰施。"苦雨老人也说："同二三人共饮，得半日之闲，可抵十年的尘梦。"我们这一群人，似乎打扰了其中之清静了。在这里，茶道与我隔着万条古道、千匹茶马，和一间茶馆的距离，中国茶文化博大精深，茶人雅士多通茶经茶道茶论。我不擅品茶，于茶的方面不敢妄语。岳山茶事，似一处心灵的洗涤之地，在这里，抛弃心中所有烦恼，归零于此间，便似扫去云中阴霾，见天青色，见心底最真的自己。在这浮华的尘世里，寻这一隅清幽，于此间，洗去俗身带来的万千尘埃，与自然对视，接纳所有。

　　"岳山茶事"用静默清凉的姿势与世间种种对视相融，茶香前，喧哗且止。如同我们驱车而来，我们注目、停留、兜转。俗世给了我们杂念，生起茶香，还我们芬芳清寂的本质。在这不被尘世打扰的茶馆前，与茶为友。在纷繁苦恼的现世之中，还能得片刻宁静。喝茶之后，便自修胜业，各为功名吧。

# 天光云影共徘徊

　　我怀着虔诚的心前往这次的红色之旅与奇和洞探秘。离开小城，车子驰骋于宽阔的高速公路，再越过崇山峻岭，走过蜿蜒小道，象湖镇呈现眼前。来不及细看，车已驶到镇政府办公楼前，接待我们的是一位中等身材的中年人，即象湖镇党委书记黄书记，另有一位娇小玲珑的年轻女解说员。象湖本地居民房子与其他乡镇并无区别，大都是小四合院伴着天井，亦有下堂围起，温暖古朴；也有楼房阁宇，穿插各处。这里的建筑不仅承袭了河洛风格遗风，亦融入客家文化与闽南风情，自成风格，别有风韵。

　　我们一行人在镇政府里短暂停留，便去往采风目的地，沿路只见秋意正浓，田间一派欢欣丰收之景。只见云朵三三两两地堆积山头，新村被绵延的青山包围着，日头时隐时露，不徐不疾地行于我们的头顶，静默亦温柔。风吹起我们的发丝，便也感受到乡村秋天的"薄凉"。新村几排新房紧紧相依，错落有致，户户相通又各有小院。新村正如火如荼建设，政策扶持与个人努力劳作下，小康之家便现于此，令人欢喜亦感慨。因我亦是农村出生，更倾心于这一刻小家农户的小心小情。

　　我们随之走到另一村——杨美村，房舍亦素简，与别处不同的是，这里多了一种红色正义之韵。我们随着这气息，走向心中仰望的达道堂，这是我们的朱德老总曾经居住的地方。对于这段历史我隐约听过，但很多时候，只是听说。一直觉得，如若没有亲临，是无法感受故事的内涵的，哪怕是接近，亦会是一种遗憾。所以，今天，我便走向这里，走向那群人的曾经，走向那段

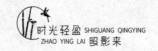
历史。

古朴的房子于眼前，简朴得令人心生崇敬。老屋的左侧矗立着朱老总的雕像，威严高大。踏进那百年历史斑驳的大门，亦是本土老建筑，仰头看见阳光正照着堂内古旧的桌子与石臼，这里所有的东西都没有刻意刷新，灰色的色调散发着岁月的气息。此刻阳光正照于达道堂，令它显得宁静、古意、庄严。我素来喜欢宁静氛围，亦感慨于此，生出一种静默的崇敬，不由自主心生敬畏。摒弃轻浮和浅薄，这里是满满的正能量与厚重。不去深究古屋的年代，只随着解说员的解说，我仿佛穿越历史，走近他们，了解那个战火纷飞的年代。人们信仰的坚定，相互扶持，大爱之中有忠义之心，亦有侠义之气，坚毅里亦有柔情。

最感慨朱老总曾经居住的卧室。小小一间三个门，屋内摆着他喜欢的素心兰。我已追寻不到他的影迹，只是努力地于这间小屋里久久凝望，希望能从此找到心目中那个巨人的一点点气息。

已无法细数其中种种事迹，如若没有走进，无法具体感知，所以，规劝各位，若有心，还是须前往。我不知有生之年是否还会重游此处，有这一次之旅，便可欢喜一生了。走出这里，回望立于此的古屋，里面一草一物记下了太多故事，灰瓦屋檐和屋后的青山绿水相互映衬，绿树蓝天恰到好处地烘托了它的英气风骨，斑驳的光阴罅隙里自有它势不可当的厚重气韵。

于另一处"荣福堂"老屋前的留言处，我停留了很久，墙上的墨迹依然清晰：老板，你不在家，你的米我买了二十六斤，大洋二元在……几句话干净利落，表达亦是明明白白，是一个温暖又令人感动的故事。这里是温馨的，这里有着先烈们的柔肠暖情，这里有着军爱民民爱军的感人故事。这里的故事，似乎那么近又那么远，仿佛举手可触，又遥不可及。这里的每一处每一面墙都是一种爱，英雄的爱，平民的爱。这里的故事有了暖色，让我不禁仰头微笑：是啊！我们的先辈们，付出爱，拥有爱。

这一段路很长很长，又似很短很短，如今的我们已无法复制那时人们的坚定脚步，只能用这样的方式去感受那段历史。所有的艰辛也随岁月的尘埃被覆盖，我们可自己扫去那一层灰色的尘土，用脚步去丈量我们与他们的距离，用另一种方式去祭奠，去瞻仰，去追忆。今天的我们应该感恩，感恩生活的一切。因为有了他们，才有我们理想的生活。今天的我们需要一种平和的心态、良善的心，与尘日缓慢过招，保持初心。

象湖还有另一去处，便是奇和洞遗址，位于象湖镇灶头村，距今 17000—7000 年，是一处旧石器时代向新石器时代过渡的史前洞穴遗址。奇和洞，又称蝙蝠洞，因其洞中栖息众多的蝙蝠而得名。奇和洞为石灰岩溶洞，洞内宽敞，主洞两侧均有较大支洞，可容纳上千人。洞穴深邃、迷离，经流水风蚀后形成了许多造型奇特、巧夺天工的钟乳石，诸如新颖别致的"石水缸"和栩栩如生的"石蛇"等。外主洞的洞内有"丝线吊铜钟"、大石蛇等景观。在洞以北五十米，有一更大的石灰岩溶洞，两者呈双排列在一起，洞口都朝北，看似一对"双胞胎"，故当地人又称之为"姊妹洞""夫妻洞"。奇和洞主洞中蝙蝠极多，飞时穿梭往来，声若涛鸣；栖时密密麻麻，宛如重叠的蜂窝。游人到此，有时可观赏到"蝙蝠天堂"的景观。

"北有山顶洞人，南有奇和洞人"。奇和洞神秘秀美，这里古物与环境和谐共存，这里有一万多年前的"南岛语族"祖先的生活痕迹，智慧的他们把生食变成了熟食。九层文化层，九种记忆堆积，从生食变成了熟食的过程要经历多少的实验和感悟，才得以在那简陋的居所里成功。这里当属"中华第一灶"！也许"灶头"这个村名就是由此而来吧。再往里走，只觉洞内凉而不冷，这里是闽西也可说是闽台人的起始之地。追溯历史于泱泱茫茫中，无法找寻的空白被这一发现填补。远古我们的祖先便居于此，地层已无法一一呈现曾经的种种。手去触摸先人留下的炭火古迹，去触摸它，好像摸到先人的温度一般，又神奇，又感慨，是不是也会有相融的一刻？那么此时，我亦是立于远古之地的某

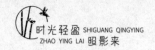

个瞬间了。

碳酸盐岩地区洞穴内在漫长地质历史中和特定地质条件下形成的钟乳石，由上而下逐渐增长而成。想着，会在哪一刻，它与我们的地表融为一体，那时又要有多少演化而来的惊天动地和无声无息的一幕幕。几千年的繁衍生息、发展演变、风风雨雨，从留下的人类遗迹里，可以触摸到历史脉搏的跳动。今天，我只窥见了历史的一角，几万年的光阴仿若在眼前飞驰，如那万物中生成一朵朵自由行走的花。这里的每一块头骨、每一件文物，栖身于此，相互依托地呈现于世人面前。我静静观看着，如同翻阅一本经年的古籍，透过时光，它们饱经沧桑，那些声音在历史的天空隐约回响，古朴、厚实、凝重……

再走几步，从洞口望去，"半亩方塘一鉴开，天光云影共徘徊"……此刻，日光已西移，此时的日头显得分外明亮，散发着令人难以置信的清澈之美。一如这一次的红色之旅，它如同太阳，一直会留于心中。一如这里远古的洞穴，点点遗迹透着人类原始的智慧。它们从亘古走来，所散发出的缕缕诱人的神秘气息和无尽的光芒恒久而耀眼……

# 走进大瑶矿区

## 苏式建筑

山一样的沉重，你的背影与星月一同隐去。僵冷的土墙，唯有梦，才有温度，才有真实的目光与声音。五十年吗？还是更久？我已不去记你的年岁，鸟从你的上空一掠而过，它是不在意的，不在意你的沧桑。

五十年了，或更久，或是时光之一掠。多少的青春，多少的笑颜，都被你收藏着。苍穹之下，我在窥视，想看清你土墙内曾经发生的一切。隐了的人声，遗失的背影，沉湎于墙内旧日的故事，零散的记忆已不再让你光鲜如初，你那破旧的墙角，被风雨慢慢撕碎。

你太老了。灰色的岁月，将会像夕阳一样隐去。你那难以消去的斑迹，留在风雨里，成为一种永恒，在沧桑岁月中，形成一种缅怀，一种温暖的形象。无怨无悔。

你太老了，我只能这样看着，真怕我的侵入便让你轰然倒塌。我望向你，听着你的后辈轻声细语地诉说。却看墙的一角，抖擞着绿植一丛，在灰色的风雨中，摇曳出生命的灿烂与自觉，透着顽强，还有智慧。

### 425煤洞

看到你时，风雨交加。秋天，我远望你，在十月的时候。

这时，已不是你欢欣的时刻，坚硬的水泥已将你封闭。埋葬了多少的青春啊，多少的赤子之心！还有多少的故事，打湿了岁月的枝头。

我仿佛看到那年的春天，一群青春的孩子正奔向你，从春天的那一端信步而来，青春的面容在阳光下闪闪发光，他们的脸从嫩白到黝黑。离开时，多少的遗憾与无奈，在荒坡上，在乱石间，在你和土地间，在时光与阳光间，一片片、一簇簇，大地绿了又黄。

我猜想，多年前，这里一定是满山遍野的绿，一定是花开正好，两眼青葱。每一块黑色的煤被你紧紧地搂着，这方山水踏实地暖了。风吹过，已看不到你被烧成灰烬的过程，你已站立成碑，将记载化成灰烬的所有故事。面对沧桑，有一种无畏，无喜无悲，无言无语。

水泥，把前尘往事一起尘封。人们走了，把青春留下，把梦

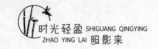

留下，把记忆留下。

## 大瑶林间

我匆匆的脚步，朝着一个方向走，抬眼间，目光的尽头缭绕着湿润的雾气。心如被打开的门窗，还有什么灰尘和空虚不会被一一清洗？那些水一样涌动的涛声，就来自这里——大瑶林间。

眼穿行在喧哗不止的枝叶间，看朦胧无尘的天，这是我幻想过的天空。土层开始松动了，淌出来的暖暖的光波，在我的眼前，在果核要掉落的时候，我以为，春天回到树上，旧梦便也清晰。朝着那一束愈来愈亮的光线，我嗅到了熟悉的气息，被打落的黄叶，开始集合在那松动的土地上，用那微黄的色泽，盖着枯枝上的空洞。还在张望什么呢？不要把季节的脉络理清，春天？秋天？又何妨？！

仿若周遭的树木都向我靠近，还有灵动的鸟声。百年梧桐矗立天地间，像一位季节的使者，春绿秋黄，几百年来蕴藏生命中无声的顽强。桂树似乎亦是不寂寞地依伴，它们翠绿的心绪相互缠绕，一直伸向季节的深处。

那座"恋爱桥"的边上，是不是青藤茂密呢？是选择了欢呼还是选择了安静？只有那些小小的灌木，被几朵秋花哄着，仿佛在芬芳中安眠，它们也孕育着参天的梦想。在这林间，还有一块被我抚摸过的石头，把它身下的小草，默默无语、不动声色地捂绿。

# 未成曲调先有情

## 缘　起

初冬，微风细雨，仿若春天，微冷却有生机。对于这次行程，我没有太多的期待，或者说，随遇而安，心中便不会生出莫名的失望。所以，这样旅行起来感觉心中舒畅。如此心境，用那一句"未成曲调先有情"形容极为妥帖。

## 双友楼

一直认为有些时光是可以停驻的。一如眼前的双友楼，散发着独特的气息。闹市深处，青砖灰瓦，镂空花砖围栏，透着古典，隐着清新。墙面青蔓垂落，院旁榕树正茂。

二层小楼，名双友，亦曰双子。游子情怀，乡愁绕梁，双友楼守着它的雅致、它的岁月。已无法探究当时它是如何的惊艳与令人震撼，它矗立此处，沉默不言。周遭繁华，它却寂静，它的表里河山，在这一砖一瓦、一花一藤中。那一丝丝情意，流转在季节与岁月中……

而今，我立于墙角仰望它，思绪水一样地涌动着。是那花朵曾经的诺言吗？还是南墙上垂下的那缕绿？是谁摇动岁月的树？声响渐次消散在寂静里，是那阁楼上陈旧的门扉还是徘徊檐下的归燕？天空飘着丝丝细雨，要湿透几个秋？是那一声声叮咛，一个个回眸，在长满青苔的台阶前，在那燕的巢内，在我们今时的一把把雨伞里，在这淅淅沥沥的韵律里。

门楣斑驳，字迹模糊。它一如一位期颐老人，见证岁月变

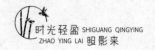

迁、世事无常。那辗转不安的岁月，流离失所的时期，归乡的游子，一家子、两家子，或三四家子，扶持而归又依依伤离。何止是乡愁，何止是亲情，是睦，是爱，是相依，是相守，是期盼……他们徐徐而归，又款款远去。

## 天 池

对于"天池"二字，许多人会想到仙境。是的，我心中亦是这样以为。远看云雾缭绕，山间多了些许神秘，现代文明与自然的契合应该是人类思索的问题，许是开发尚在进行，或是因为天气不好，天池显得有些萧条。我不想过多揣摩开发者的心思，只当是这一次行程组织者的心意，便满心感激，更加愿意去看它美好的一面。

行于景中，云绕身，也绕着树，有一种缥缈、飘逸之感。与文友交流写作心得，似乎时光就如此安然，山水随之温柔了起来。云雾后隐约闻到熟悉的味道：些许松香。山与水与木，安静且安然。风吹过来的时候，雨落下，我的脚步有些小心翼翼，我的思绪有些凌乱。

春天，一定会有五颜六色的花朵开在这里。也许在桃花盛开的时候，有人可以站在树下，仰望一树繁花，却不知，一朵花的凋落。从此，不知会了却多少人的伤春情结，匆匆的流水可以知道。行走的日子中，不想错过这样的时刻，勿理时光，莫量树与树之间的距离。感受着一丝丝的暖，看着云朵飘在树梢。

有一种习惯，是等一切静下来的时候，踏在那无尘的路上。

# 准星楼

过了半生，历经岁月沧桑，经历生活起伏，才感受到细碎之美。会在午后的阳光里，或是上午十点左右，也许是在夜里某时，太阳明灿，或是雨声淅沥，或是家犬声扬。这时的任何声响都是那么令人舒服。然后，你会看到所有的光线都是金属的色泽，这样的光把你照得轻了薄了，心也随之暖了。无论你是身陷繁华还是坐拥寂寞，学会一个人的时候，看那些细枝末节，甚至看粉尘，这就是细碎之美，亦是准星楼之美。

一如宣纸上淡淡的水墨画，冷的色调。灰瓦屋檐，雕花的木格窗子，投影重重叠叠。脚底下便是时光，浓得化不开的时光，其中荡漾的何止是故事，还有被悄悄拉长的岁月的影子。平平淡淡的欢乐裹住隐约的哀愁。

栈道冷清，檐铃幽响。在一朵朵小花里，有一个世界对另一个世界的怀念。颂词与文赋可以寄于此。寂静缓慢的时光，简单又烦琐，没有人能从这里读懂那最初的感动和它的诗意。多希望有一双诗人的手来承接它呀！一块块青石板，撑起屋子里起起落落的岁月。

谁又会站在空旷的院子里仰望繁华，成为岁月中的一道风景？在晓风残月的渡口，舒展那久违的笑颜，回想着那一段难忘的时光。那飞起的屋檐，可载得动那重重叠叠的惆怅？

不是轻盈的蝶羽，不是幽静的黄昏，不是冷漠的古陶断裂处传出的叹息。有一个身影，柔柔的，隐隐的，有几分亲切、几分遥远。她蓦然回眸时舒展美丽的笑颜，远眺天涯漂泊的尘影。

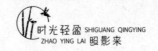

# 无边光景一时新

铁山，于我来说并不陌生，少时，每一次去龙岩都要经过这里，记得这里盛产煤和铁。记忆中，这里满目煤尘。那日与文友再次踏入这片土地，铁山已非以前我所了解的铁山。不知何时，这里已然改变。走进如今被誉为"中国最美田园"的铁山深处，才知如今的铁山自然环境优美，龙川河自南向北直穿而过，境内群峰叠翠，山清水秀。这里人杰地灵，物阜民丰，有"一溪一水一基地，一鱼一粉一葡萄"的铁山"六宝"。我亦想起，在那些盛产煤和铁的年月，也有欢喜的记忆。记得那时一到葡萄成熟的季节，许多人驱车经过铁山都会停车去买一篮铁山葡萄。剥开葡萄皮，感受清新的葡萄香气在指尖萦绕，一口下去，甜而多汁，令人回味无穷。

秋雨绵绵，我们伴着秋雨驱车前往白岩前村。车子于山中行走，不久，白岩前村映入眼帘。一个普通的小村子，宁静祥和，蜿蜒小路，乡野清溪，与此时的秋雨连成一片，远山如黛，近水含烟，淡淡的朦胧，清新而多姿。

白岩前村为龙岩市新罗区的革命基点村，位于铁山镇外山十八乡。村民以种水稻为生，同时靠加工土纸、做竹器、卖竹笋等增加收入。这里天然形成了像长城一样的围墙，易守难攻，易躲易退，是红军游击队开展活动的好地方。革命者魏金水、陈国华、邱金声、郑金旺、林映雪等都在这里进行过革命活动。

我们一行人，围坐在一位九十四岁高龄的老者身旁。在我们面前，他娓娓道来那些革命故事。这样的故事，在白岩前村这个小小的村里，时常被人们提及。我为之感动，亦有些敬仰。

离开白岩前村，细雨纷纷。走向富溪，便见一天然峡谷，谷中河水清澈，两岸有悬崖，山峰险峻。穿行于河水怪石间，阴凉岚雾沁心润肤，使人心旷神怡。一条蜿蜒的河，延伸在峡谷腹地，在青山的簇拥下，绕崖壁、过险滩，时而湍急，时而平缓。行走在这青山绿水间，顿觉超脱了俗尘。富溪水似跟我们一路相伴。秋日里，富溪人家，山高水清。路在岭半，人如到了高台上。于此驻足，我稍稍眺望一番，这次虽为寻常之行，亦至山川佳胜之处，虽难以敞开心扉，亦感觉清心万分。走于富溪水边，正是傍晚时分，有些许的亮光，照着石子路上的青苔，古朴里亦有灵动，让我想起王维的《鹿柴》："返景入深林，复照青苔上。"抬起头，点点亮光，于茂盛的叶缝间闪烁，远观富溪山水，焉能不生出"上下天光，一碧万顷"的一番感慨来？再看河中的奇石，似麒麟，又如跳起的老虎，有些似女儿之姿，温柔典雅，有些亦如河中龙马。小石头之间有一小股水流，潺潺流淌。在这里可闭眼凝神，看不完的景，让人不禁感慨大自然的鬼斧神工。并不是所有的地方都有这样的奇景，这是自然的恩赐。

"山光悦鸟性，潭影空人心。"当时的惊艳、欢喜、喟叹，以及唤起的记忆，至今印象深刻。有些记忆可以逆时光而行，岁月愈久，它愈清晰，散发出迷人的气息。铁山，有些许热烈，些许豪放，些许婉约，让人书写时有了温度。那水、那山，总是让人频频回首，自然欢喜。

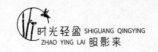

# 宁洋廊桥

走在廊桥上，在宁洋流水之上，看水优雅地流过。那拱洞里的水也弯弯曲曲地流淌着，这是古宁洋人喜欢的曲折之美吧？那桥面如此结实笔直，这亦是宁洋人喜欢的大气之美吧？

宁洋人是有巧思的，他们用那灵巧的手，梳理着桥面上的岁月与记忆。水榭凉亭，行色匆匆的乡人，小小的桥，便有借景生情的空间，如若有缘，往那桥上的亭子间一站，便成了一首诗。倘若你有缘手扶栏杆，双眸远眺时，便会有宋词里的凭栏意境。闲愁千古，水亦流千古。即使一座几步走完的小桥，也要取个让你欢喜的名字，在桥的两头一笔一画地将字刻在木板上，或篆或隶，或工整或飞舞，并用朱漆染之。让我们的几步，步步生莲。宁洋的桥承载着情与爱，他们在桥上相见，在桥上盟誓，又在桥上离别。

廊桥，在宁洋人眼里是唯美的吧。所以，终于走进他们的生活。你走过廊桥，走进街市，那里的明清古厝与廊桥一样大气又精巧。廊桥为宁洋添了一处亮丽的景致。古铜色的桥身，古铜色的栏杆，有种古朴厚重的感觉。清水间，廊桥一处的景，便多了婉约之韵。宁洋古廊桥，当为景观，如果你站立其上，你便随之入了景。如果你走在桥上，步履一定要很轻。抬眼间，是白云舒卷，俯首时，是曲水缓流。水里的草，走不出这弯曲水道，绕不出这桥。日复一日，年复一年，有人青丝变白发，依然不悔。因了这桥，才有了这唯美。

美丽的廊桥，宁洋没有将它湮没，我亦在字里行间思量着它。廊桥的那些往事，在山河亭间，悠悠缠绕，千回百转。

# 翰墨漳平，桂林山水

### 高　明

是那个雨天，走进古朴，走进静谧。村头的那棵树，为乡亲们遮风挡雨，看人们耕种传承。没有人知道它的年岁，它原是村子的祖先带回的一颗种子，茁壮了，庇护了整个高明。现在，粗壮的枝丫已有残缺，无须更多的雕琢之言，上天也为你泪目。

风吹，雨斜。几座土屋，周边无声，谁愿意打扰这里的清静呢？百年桂花树，沉默不语。有人会把它写成故事吗？矗立此地，在时光深处托举一树繁华，不愿枯萎。三百年的风雨，一树花，一缕香，一些情怀，有多少美好隐藏在花蕊里，枝头的香魂是一把油纸伞，把那些故事中的忧伤遮住了。树下已入泥尘的落叶，伴随着方言俚语在光阴里，繁衍着。

这个初夏，这样的雨天，那块卧在草地上的石头，其缝内有不息之水，是前朝哪个良人遗落的泪滴，不愿干涸？阳光穿不透，雨水流不满，历经几百年寒暑。万物在变，唯你初心不改，容我把所有的诗句都托付，收藏于你的内心，去探寻那至死不干涸的奥秘。再写些诗句为你吟唱吧。雨停了，吟诵的人离你近了，远了。

### 瑞　都

多深的山，多深的丛林，只要一双脚，只要一个情怀。走向西湖岩，台阶很长，长到几个世纪都无法走完；但又很短，短到一抬脚就可以到终点。有一种虔诚，沉默不言，没有人再去敲响

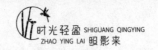

那口晨钟，多少度的火都不能将其熔化。那个已成狮形的真身，它为守护，已历经沧桑。光线这般柔和，风也这样柔，万物丁脚下悄悄钻出，积蓄着向上的力和无尽的美。

是这一条静谧的山路，这片丰饶的土地。难以说出的心意，农田从山坡一直到九龙江畔，乡村与城市这样相连。这是一条来来去去的路，从生命开始，这样的路被多少人走过，好多山里的人，走了，又回来。

这样的行走，无须更多言语。有那么几座新楼，安静矗立，在眼前，不避风雨。美好也无须多言。仙鹤塘内寻仙鹤，缘分妙不可言。不观奇色，但见青山，轻拂衣袂，在无边的旷野上，小雨送了我们一程又一程。


## 黄祠

萍水相逢。夏荷，在晨露中像风姿绰约的女子，远处的那朵小荷，好像读懂了我的心事。盛开，如此轻易，一朵花，一缕香魂。花瓣随风落于叶上，好像一首诗。有人走过，看到了这份柔美，脚步也变得小心翼翼。

河边的野花，池塘的荷。它们会收起锋芒，将盛与枯、明与灭，轻轻收拢。有一些故事，如水波一样此起彼伏，它们静静地在岁月中成了影子。

浅灰色的天幕，落起了小雨，把荷塘边的那座小亭点缀得愈加迷离。

走过那条路，走过那条小河。树上的那群白鹭，昼夜不息、静静地守着，守着这份清韵。别喧哗，轻轻地，静看它们飞翔，呼啦啦飞起，又三三两两驻足枝头。远观吧，有风吹过，雨又落下，还有一群白鹭正轻轻地从头顶飞过。

# 一次行走

在书橱里找《理想的下午》，一再翻阅那些超然的文字，平淡，亦深邃。不是所有的文字都可以入心。不用太多的华丽辞藻，亦不用太深的理论，就那么几句寻常话语，会令人时时念起。可以再三拿起的书，便会去珍惜。

清风明月时时得于道途，却无须拥有也。2012 年，我踏入东宁，便是台湾。没有缘由，在字面上，我喜欢郑经取的"东宁"二字。

与爱人一起，在十几个妇女中间，他已然成了万花丛中的一点绿。去的路上，安心地让他照顾，安然地坐于椅边上，看窗外风景，不理时光，不理俗事。保持一颗平静的心，才能尽兴于旅行与自然中。

厦门与金门隔海相望，乘船而往，我离厦门愈来愈远。轮船在大海中央，蓝的天，蓝的海，一望无际，海天一色。海风吹起了我的裙角，站在船上，望向金门方向，这个曾是军事重地的小县，也曾属漳州府，这让我对它有了更多期待。应是不到两个小时的时间，我们便踏上了这片土地。一个小县城，我却感觉它似一个镇，古朴、亲切。县城内井然有序。这里的街道不宽，街边门店亦小，小小的门店，摆满了各类商品，海产、山珍、金门特产高粱酒，还有药贴……我所遇见的人都讲闽南话，还会朝我们一大帮人打招呼："内地来的人吗？哦哦，说闽南话。同属泉州府，我们好多亲人都在那里，几个月就聚一次。呵呵，欢迎欢迎！"似乎我们是来探亲的亲朋，与我们没有一点点的隔阂。同

行中，还有人迷路找不到酒店，一个当地人热情地把他们带到酒店，看着人进酒店才安心离开。金门的店铺晚上早早就不营业了，晚上八点街上就一片寂静，小城静静的夜里，望向窗外的星空，街灯闪烁，或许，街头亦有慢悠悠散步的人吧。我们住在此处，这里悠闲的生活节奏，就像木心先生的诗："日色变得慢，长街黑暗无行人……一生只够爱一个人……"金门岛形似哑铃，东西宽、南北窄。金门人的房屋四周多有辟邪物，像八卦镜、风狮爷等，不一而足。风狮爷肩负着护卫村子平安的神圣任务。在小金门的辟邪物中，风鸡可镇风煞、克白蚁。金门少深湾，土地贫瘠干旱，居民多从事小规模的农耕和渔业。金门的民俗风情，既保持着闽南特征，又独特迷人。民间传统节日与漳州、泉州完全一样。每年例行的庙会，以"迎城隍"的规模最大。岛上乡民视石狮为保护神，各村落路口，随处可见身穿盔甲或外围披风的立姿石狮，狮前常见香火，为金门独有的景观。

　　一直觉得厦门是个干净又舒适的城市，所以离开它的时候，时时回头，想着东宁是人们说的那样吗？踏上嘉义，一切似乎没有差别，没有视觉上的冲击，亦没有我们所想的都市太过繁华嘈杂的一面。我所见到的是人们着白衣蓝裤，似曾相识的画面，仿若我们居住的小城。不同的是灯箱上的广告时间，多为民国几年几月几日，似穿越到了近代那段荒乱的年代，耳边响起的是阵阵乡音。走于此处，如身在家乡，乡音菜食，无不诉说着：我们曾经是一家人。嘉义湖边一对爷孙放风筝的背影，天空飘浮的云朵，清澈的湖水，爽朗的笑声，温暖着我们这一群人。

　　要说厦门干净，那么东宁可以说是一尘不染了。不宽的街道，停得整齐的车、让路的车辆，无不诉说着这个小岛的文明。还有过路时招手的路人，时时传递着美好。

　　去慈湖的路上，一片薰衣草，蓝色的天，不远处慈湖的那一片碧绿，融为一体，一切都是那么美好。慈湖是人工湖，分前后两湖，二湖仿若新月，景色优美。沿湖遍植黄椰子、蒲葵、修竹，形成一条苍翠藩篱，大汉溪的清流急湍映带左右，风光旖旎。如果我们于初春抵达，便可见百花盛开，闲步其中，如诗如画。

日月潭，小学就读过关于它的文章，书中描述的每处美景，都令人无限遐想。如今亲临，别有一番感慨。我们乘舟而行，如今的日月潭已非课本中读到的那样，但有莫名的亲近感，仿佛是久违的故人，有相见无言的欢喜。日月潭本来是两个单独的潭，如今的日潭与月潭已经融为一体。日月潭四周，点缀着许多亭台楼阁和寺庙古塔。山腰的玄奘寺内存放着玄奘的部分遗骨。泛棹往北，可泊于山麓崖边。这里有磴道上山，共三百六十五级，可谓"走一年"而到山上的文武庙。庙内诸神济济一堂，居中为孔子，还有文昌帝君、关公、神农大帝、三官大帝、元始天尊，以及魁星、城隍、土地公、海龙王等。在山门前远眺潭景，绕岸皆山，云水四合，"风光不减巫山峡"。

自孔雀园无论走循环湖公路或返渡头泛舟，均可到曹族部落德化社（现名忠孝村）。从德化社环湖往南滨，即到玄奘寺。寺中有唐三藏法师全身塑像，玄奘寺后的青龙山巅，建了一座九层高塔，名曰慈恩塔。

环湖而游，至西北岸山脚，远远就可听见水流怒吼，原来不远处就是从浊水溪上游通过十八公里长的大隧道引水入湖的入水口。这就是日月潭的水源。入水口喷出的水花有七八米高，若蛟龙吐水，较济南的趵突泉更为壮观。距入水口不远有一探向湖面的半岛，位于潭的西北。当日月潭水位上升而淹没珠屿（现叫光华岛）大部分时，岛上的曹族人即迁来此半岛居住，现已建成具有现代特色的观光旅游中心。

佛光寺里，太过华丽的建筑，没能让人有心灵平静的感觉，只觉得，似乎有些建筑是为了迎合游客喜好而建，如此，便是失了初心，佛地亦如此。我想，当初人们建寺时或许并没有想到这一层。对此，我并没有不敬的念头，也许是太过敬畏的原因吧，

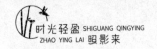

当寺庙成为旅游之地时，只觉得我们这些俗人已然打扰了神灵。一路上的铜人、和尚，所有的这些提醒我，这是在寺庙里。小道上，不时有孩子嬉笑和游人拍照的声音。我们走过一热闹之地，进入一处幽静之地，这便是原先的主楼，古朴陈旧，难得的清静。门窗雕花满是岁月的痕迹，庙里的雕塑，远看，祥和的气息便散发开来。这一处的难得，定是开发者对佛的一种尊重，仍留一处僻静之地，安放佛像。我们没有走进去，只是在路过的时候，放慢了脚步。

阿里山。对于这里，更多的是想象。一首唱了半世纪的歌，令许多人对此处有了许多美好的向往。我们没有赶上云海之景，山路崎岖，云雾缭绕。一路上，我并没有太多的期许。停车场内，人声鼎沸。坐上传说的小火车，一路看去，棵棵桧树整齐而高大。从讲解员处知晓，这些树有百年以上的树龄。台湾的扁柏、台湾杉、铁杉、红桧及华山松被称为"阿里山五木"，均在此大量生长。阿里山的百年桧木群是目前台湾最密集的巨木群，桧木分为红桧和扁柏等。这里有七八个人伸开双臂抱不住的大桧树。对于树，我是一知半解，讲解员解说桧木时，因海拔高，我的呼吸有些急促，于是提前离开了，信步于下山的木质台阶。我喜欢这里的姊妹树，喜欢心形合欢树冠，还有那盛开的玉兰花。

没有人能再重复过往，只有在风景中找寻心中想象的景致。它的每一处风景，并没有令人讶异。步行下山，踏着别人的脚印，走完数万级木阶。中午时，雾还不愿散去。这里没有想象中的神奇，像是久违的重返，不欣喜，不突兀，自然而然。所有的景点一旦让人注目便会失去它原有的本真与朴实，平静地走完这里，心中只有一句：就是这样的了。

诸多风景胜地中，我最喜欢的是野柳。一个让人震撼的地质公园，野柳是突出海面的岬角。碧海蓝天，微咸的海风吹乱我们的头发，波浪一层层涌来，远望去，只见天与海就这样延伸着，无尽地深。女王头是这里的一张重要名片，是最让人欢喜的地形景观。远看，似一位高贵典雅的女王。龙头石，远观似飞似舞。蘑菇石、象石、仙女鞋和花生石，都是自然的鬼斧神工，让人赞叹，亦让人欢喜。你无法拒绝这样的美丽，便奋不顾身地投入景色里，于是，我们便也成为一处风景。所有的喧哗并没有骚扰这里的美，我们的闯入，更点缀了它本来的美丽。

很难想到，一座庙会与一位明星联系在一起，还会因此而闻名。因为黄安的妹妹信佛而修行于此处，因此，这里便有了另一个故事。中台禅寺，有别于传统寺庙的建筑，别有一番雄伟。只是，少了些许安静的气息，更多展现了现代建筑的风格，亦让人赞叹有加。四尊护法，代表着风调、雨顺、国泰、民安。它们分镇在殿堂四周，神像皆以山西黑花岗岩雕制，严肃的眼神令人为之震撼。

药师七佛塔，万佛墙，观音殿，石拱桥下的蓝莲花。第一次近距离用眼神触摸蓝莲花，宁静的美，只许你远远地看着，而后，无声息地离去。这里的所有东西，便可在转身瞬间一并放下。

行走中知晓，走出去也需要勇气。不仅是身躯，亦是心灵。走一遭可以让人身心得以放松，看景思景，从而变得清醒。

我们一行人，走走停停，或安静或打闹，走于东宁的景色里，不被尘世左右，只是在赞叹之时，有了归乡情怯之感。听乡音绕耳，此为异乡，便更思乡。

# 山清水秀九鹏溪

初夏，行于九鹏溪景区，景区门口的九只鹏呈欲飞姿态。再前行几步，便可见幽静小道。小道三五丈宽，鹅卵石铺就，路旁绿树浓荫。正午的九鹏溪，几座客栈隐于林中，简朴，充满古韵。

我们漫步在景区内的小道，路边的花随意开放，没有细致修剪过的花，更显它的妩媚。把这一切收入相机中，似乎一辈子也不会忘记。随着景区经理的引导，我们坐船驶于古作"宁洋溪"今称"九鹏溪"的中央，清澈之水照出我们的影子，我们的倒影在这一湾清水里，此时仿佛静拥一怀淡雅、一怀悠然，感受一种凌空而舞的美丽。

从河中远观山中的徐霞客雕像，似乎可以看见他于永安跋山涉水，从双洋溪乘舟而来，一叶轻舟，顺风而行，然后，便有了他那流传许久的《徐霞客游记》。翻出他那《闽游日记》的前后两篇："十六日，六十里，至双溪口，与崇安水合。又五十五里，抵建宁郡。雨不止……五里，透穿过其巅，为宁洋界。……宁洋之溪，悬流迅急，十倍建溪。盖浦城至闽安入海，八百余里，宁洋至海澄入海，止三百余里，程愈迫则流愈急。"风雨兼程中的他，穿越几百年，于此刻仿佛就在眼前。此雕像携古意，长久立于九鹏溪山里。

山风阵阵，吹起我们的发丝和我们的衣裙。内心觉得有一些画面是可以恒久被记住的，在时光的深处，虽有些褪色，有些古旧，却依然如初。一如眼前的九鹏溪。

再次踏行在景区内的木质台阶上，山中凉风拂面，便感受到了一分凉意。风景在我们眼前，我仰望着它，忽然发现自己渺如微尘。走上台阶，便感受到那古旧与厚重，还有一丝霉味。有些风景是令人伤感的，一如江南的小桥流水。这里的风景，是可以让你的心沉静下来，而后，一心一意向上攀登。它不让人伤感，亦不会骚扰你的心灵，让你特别踏实与安心。

这时的九鹏溪是绿色的，是文人心中的陌上清愁，是旅人向往的苍山素野。它一展其韵，便是惊艳。

水仙茶树以一种从容的姿态，不紧不迫呈现一片绿海。眼触它们，温暖的气息拥抱周身。家中老者的影子也随之清晰，我那已逝的曾祖母也曾于一样的茶园中，唱着山歌，于春末时采茶。眼中瞬间湿润。我于时光洪荒的缝隙里再次拾起久远的记忆，捧于手心，一生珍藏，舍不得的心思万万千。

这里的每级台阶都有着它的故事，每一棵树都数着光阴，它们承载着人们的心愿。这里的山道，它的每个转弯，都会让我怦然心动。半山腰的水，山路中的歇脚亭，亭角的剐痕，还有那延伸于山顶的水仙茶树。叹于它们的惊艳，它们让我痴恋、欢喜，甚至无语凝噎。

不理时光埋头走路，想着李白笔下的敬亭山，柳宗元的《永州八记》。他们的诗句，用我独有的语气吟诵，并在这样的水墨画中细细咀嚼，或在这样的行走中，细数那一山一石一草一木。

突然想起那一句"此山即我，我即此山；此水如我，我如此水"。大气中透着婉约。

从山中回来，我们于茶舍小憩，再次泡起水仙茶，再次看着它宽厚的叶片，随水而起，每一次续水，各有滋味，各有姿态。今日，在山水之间，在一杯茶面前，我的心绪跌宕起伏，复杂情感难诉于口，便用我不济的笔，婉约表达自己的所思所想。

松涛阵阵，天色已暮，回望九鹏溪，它的风景，它的故事可以逆行于岁月，光阴愈久，它们愈散发出独有的气息，缠绵

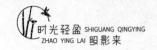

于我的灵魂深处。山河千里，万言归于一默。从此，我是远行的异乡人。

# 雨中访鸿佳

在鸿佳农场里采摘青翠的茶叶，自然的美好，仿佛将岁月拉长。百亩青绿，蒙蒙细雨，徐徐清风，清香遍野。飞鸟啾啾，如同心跳，迎春使节般，身段风流。

风中的我们，感受着初夏的温暖，看一山的硕果，如油彩画般依次展开。紫色的绣球花，微红的李子，渐熟的桃子，清冽的山泉水，农场清新的气息，轻薄的云烟，绘出了夏的风姿。

雨中来了一些人。雨落山门，这是对诗人的一种考验吗？山的另一头朴素的土屋正安静地立于苍茫中，是在等远行的游子吗？五百年的风雨，五百年的传承，亲情暖着那斑驳的门扉，那道旧痕是哪个游子留下的思念呢？那么深，那么长。

山的另一头，宁静的村子，古朴又祥和。高山村邓氏祖堂，矗立五百年，是为着守护吗？守护这秀丽的村子、勤劳的人们。微风细雨，十八勇士英灵的故事，传颂很久很久，人们不曾遗忘。村子安然，便是他们当初的期盼吧。

踩着这份清寂，一如行于唐诗宋词的花香上。鸿佳的绿啊，在时光深处悄然清晰。

第三辑
惜君如常

且与晓风伴，惜君如常……

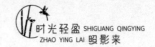

# 春风十里不如你

## 康乃馨

去年的这个时候，从花市里买了一盆康乃馨。买的时候没有太多期待，只因这花与母亲相关，也因这花美丽，心里想着它能否在自己的栽培下开花。不料，前些天，花真的开了，刚好在母亲节前夕。不知是花有灵性，还是花期如此，我惊喜于它这般美丽。它在我的阳台上，开得温婉亦豪放。每个花齿相连处最显温柔。花开的这些时日，我经常驻足观赏，没有太多感想，只是看着、看着。

养花的日子里，闲时浇浇水、洗洗叶子。这时候，心便会静下来，专注于此。与母亲在一起时，便是这样的感觉。母亲是不知有母亲节这个节日的，不知是真的不知道，还是不在意。妹妹每年会在母亲节这一天打电话和母亲说节日快乐，母亲便会笑着说："这丫头，有啥节日的？都一样。"言语之外却不乏欢喜。我也会在这时打电话，并没说节日快乐什么的，只是和母亲说些家常，让母亲听听我的声音。有时间时，也会回去看母亲，带些礼物，亦没有对母亲说是因为这个节日。母亲也没问为什么回家，只笑着说："花这些钱干啥。"

每年的春天，我会挑个日子，开车回家。每次推开故居小院的门，母亲都安静地休憩在那儿。然后，在寂静的夜，搬过一把童年时的竹椅坐着，听母亲说春日里的一树桃花，夏夜的几声蝉鸣，秋初的几片落叶。听母亲说邻居的难处，说亲戚的友好。听着听着，我便在母亲的轻鼾声中流泪了。

去年，终因身体的问题，母亲闲了下来，整日无事可做，心里闷得慌。看她焦虑的神情，我不知如何是好。母亲说："身体终是不好了，整夜地失眠，日子该如何打发呢？"很少从母亲那儿听到如此无奈的话，她话里透出一种对生活的无奈，道出的那份沧桑让人心慌。

十二岁时便去了城里，从此，一步步远离母亲。那时的我，不知道县城离家有多远，凌晨时趴在车窗上看远处的一座座他乡的山。那些黢黑的庞大的连绵的怪物最终阻断了我和注定要别离的故乡。

从家乡到县城到福州到厦门再到如今的小城，有多少路程，又有多少在梦中错过的山。

## 金银花

父亲总是安静的。我也很少去关注父亲的情绪。只是偶尔看到父亲眉宇间的沧桑才觉着，父亲亦是需要安抚的。如今，我们回家有时便会背着母亲偷偷塞零钱给父亲打牌，故意问他赢了没，然后，听父亲那爽朗又得意的笑声。

记得曾祖父去世时，父亲跪在曾祖父床尾，我第一次看到他放下坚强痛哭流涕。太祖母抱着父亲时颤抖着的花白的头发与一脸的皱纹，至今历历在目。何谓老泪纵横，便是如此。

忽然想起忍冬，它们也叫左缠藤、金银花。

茎长，叶对生，生于路旁山坡灌丛或疏林中。

夏季开花，有绿色的花萼，唇形的瓣。秋季有球形的浆果，熟时呈黑色。

弯月镰，屈腰杆，右手着力，左手抓握。遇干枯的枝条一镰刀即断，遇盘根错节的藤蔓要砍数刀。藤蔓放到一边，冬至后的一个太阳天便晒干了。

据说很久以前，在五指岭山腰上，住着一个金姓的采药老汉，他和山下任姓的老中医合伙开了一家中药铺。金老汉有一女儿叫银花，任老医生有一儿子，叫任冬。任冬与银花从小就相亲相爱。后米，为驱赶瘟神，任冬惨遭暗算。银花悲伤过度，一头撞死在任冬坟前。乡亲们把他俩葬在一起，却见整个五指岭漫山遍野开满了金银花，当地凡是染上瘟疫的人，喝了金银花茶，便都痊愈了。人们为祝福银花和任冬永远相爱，就把这种花叫作"鸳鸯藤""二花"。

忍冬性寒，味甘，花香迷人。就像福克纳的《喧哗与骚动》中描写的，忍冬的香一直在纠缠、弥漫。关于父亲的回忆中能嗅到忍冬的香，它随时会跑出来，"在南方阴雨的黄昏时节，什么东西都混杂着忍冬的香味"。

去年冬天，父亲给了我一罐忍冬，说："带着喝吧，冬寒，家乡的土种出来的东西解忧解毒。"往来的奔波，我早已忘了那罐忍冬的存在，有时自视年轻体健，瞧不上那些细小的事情，便也从不去喝它。父亲有时提起，也便随口应承着。

那天早晨的电话里，父亲说："你感冒了吗？要不我再给你寄些忍冬吧，带着喝，家乡的土种出来的东西解忧解毒。"

抬头看到小城这片雾蒙蒙的天空，我再也说不出话来……

## 薰衣草

它和康乃馨同一时间被带回家，也在这个春天，差不多的日子开花，紫色的花有些像儿时看到的狗尾草，有淡淡的清香，美丽又质朴。

很小的时候是从一本书里知道它。年少的时候一直喜欢自己的语文老师，她如江南的窈窕女子。从她那儿我知道宝玉、林妹妹，然后疯了似的迷上了《石头记》。亦是从她那儿知道薰衣草。记忆中的她，没有鼻梁上的眼镜，没有粉尘的呛味，着一条白色的布裙，一双白色的布鞋。

记忆中的学校是旧的，桌子是破的。坐在没有玻璃的窗子边，终于熬过了寒冷的冬天。这时的这个位置，同学们终于开始妒忌了。我终于可以偷闲望窗外屋檐上的雨滴，看着雨滴如何一滴滴敲打窗下残破的瓦盆。还有那刚犁过的一片白茫茫的水田。听听田间的吆喝声，大婶们要菜籽的呼喊声。这样的风景可以独享。我的思绪会在这时从课堂里跑出去很久。这时候，芳老师便会轻敲我的头，把我拉回来，平静的目光里有些许的不满。她转身时，我很清晰地闻到了一股清香，像薰衣草之味，淡淡的。

后来，她走了，没有和我们告别。在那个暑假里，她托人给了我一本作文书。我紧紧抱着书，看着村口那条通往大山外面的小道。后来，只听人说她结婚了；再后来，听说她调到了另一个城市。渐渐地，没有了她的消息，我也渐渐地不再记起她。

再后来，我亦到了她那样的年纪，也渐渐苍老。想想自己的生活，没有习惯的，只有生活本身。如果非要找出一个习惯，习惯别人不习惯的事，也许是我的习惯。

那一天，阳光灿烂，我一个人远行，走得远远的。坐火车，去任何一个熟悉或不熟悉的地方。看着站台上忙碌的人们，猜想他们的身份，以及所去的目的地。

喜欢黑夜里的列车。有种包容的感觉，却又有无法猜测到的危机感。它能让你坐下来写自己的旅行见闻，再到达目的地。在长途列车上可以认识不同的人，听他们的故事和唠叨。然后在下车后又成为陌生人。他们让我可以在某一个瞬间对自己抱有希望，也会让我忘记自己的所有。

人很多时候不完全是自己的，或者身上和脑子里会有别人的东西。惺惺相惜或离去均是一种缘分。无须找一个个借口，只要喜欢。走在月台上，忽然想起芳老师，那个引我喜爱文学的语文老师。如今想来，她是否还健在，是否已是白发苍苍？太多的人，一如芳老师，会在我的生命里渐渐走开。只是，薰衣草的味道一直在，对芳老师的怀念一直在。

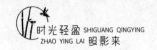

# 与奶奶的最后十二个时辰

子时，想起家里的微信群里说，九十岁病痛多年的阿奶今天的脸色和以往不同。一种恐慌袭来。害怕生离死别，害怕这个世间又少了我至爱的人。无意识地摩挲着手机的屏幕。希望一切还是从前的样子。心慌，无措，失眠。很怕手机铃声响起，又希望接通后是一个好的消息。像是无尽的黑夜，看不到亮光。

丑时，依然没有消息，是不是如往常一样，只是虚惊一场？天亮后我们回去，然后，安心地回来。电视上播着节目，遥控器在手中。我坐立不安，前几天心神不宁摔了很多东西，这是什么预兆吗？深夜，没有消息便是好消息。

寅时，沉沉地睡去，梦中一个黑洞始终在眼前。沉重地呼吸，很希望能推开这无尽的黑。曾祖母那精致的脸在黑洞中出现，我上去问："阿祖，你看到阿奶了吗？"沉默，寂静，阿祖的身后出现了一道光，柔和的橘红色的光。好多人，阿公的脸，公祖的背影，来来去去的人，就是没有找到阿奶，阿奶去哪儿了？

卯时，坐起，在床上换一头躺下，头痛欲裂。阿奶五十多岁的样子浮现在眼前。微白的发，微凸的额骨，习惯地摸着她的鬓发，手上晃动的银镯子，稳健的步伐。手机突然响起，我用如箭般的速度接起："弟，奶咋了？"弟弟略压低声调，克制悲伤地说："回来吧！奶走了。"世界突然安静下来，只有电话中弟弟的声音，他说："我通知二姐。"我机械地回答，机械地挂了电话，头脑一片空白。这时，似乎我与人间没有了关联。甩了甩头，问自己，要做什么？整理衣服吗？站着，脚却无法挪动。我的眼触不到一个可以让我聚焦的点。摸摸自己的脸，对，前面是镜子。哦，看看镜子中我穿的衣服，是的，要先拿白衣。整理换洗衣服。开始冷静下来，开始流泪，开始接受。叫醒孩子，煮好饭，告诉他接下来的几天要自己照顾自己。

辰时，告知在乡下的先生，他直接赶回家。我等妹妹的车子，这是星期天，被我叫醒后孩子没有再睡，他的眼中有无尽的悲伤。我告诉他："没事，你要上课，一切要安排好，月考在即，要好好复习。"交代好诸事，拨通女儿的电话，电话里传来哭泣的声音。我说："没事，一切会安排好。"上车，车内一片寂静。后来弟媳说："子时，阿奶走了。走的那天早上和中午都吃了饭。阿奶走前无任何征兆。"弟媳话音一落，车内再度恢复寂静，小侄女安静地看着窗外。离家越来越近，无声地流泪，小侄女擦着泪水看了看我。我没有转头，依然看着窗外，心是空的。

巳时，到家门口，下车。家门前有很多帮忙的人，亲戚、邻居。我们流着泪，没有哭出声音。旧习须半路哀，可是，我们只是流泪。女性奔丧得走弄堂门，邻居示意我们走弄堂门。走过弄堂门，大厅前的蓝布高高地挂着，莫名地悲伤。进厅，阿奶躺在地上，盖着白布。爸爸、妈妈、姑姑守着，我们终于哭出声音，跪地痛哭，心开始绞痛，头痛，牙痛，鼻子痛。母亲、二姑姑、大姑姑开始哀唱，告诉阿奶我们回来了。我趴在地上想阿奶会不会冷，地上那么凉。父亲脸上每道皱纹都刻着哀伤，静默地坐在阿奶身边。

午时，听姑姑和妈妈说阿奶的最后时刻。说她走得安详，没有痛苦，在家的都来送她。姑姑说："你弟早早就要打电话给你，是我拦着，总得天亮了再告诉你们。"妈妈说："白天早饭和午饭均吃了，没想到会走得这么快。"说话之际，我突然记起三年前的一个午后，回乡下陪阿奶在房间，我靠在另一张床上，

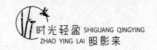

说:"奶,中午和你一起眯一会儿。"奶说:"真好!"于是她絮叨地说着村子里邻居的一些事。我正昏昏欲睡,阿奶的声音突然停下来,我抬起头看她,她瞧着我。我说:"咋了?"她说:"囡,有件事要交代你。""哦,你说。"阿奶说:"我这个身体,不知何时就会突然走了,有件事要交代你。"我说:"不会,你要长命百岁。"她说:"那可不要,奶不成了妖精?囡,等我死了,出殡那天你要记得喊我的名字,听人说这样就可以好好地上路了。"正在寻思这件事,刚去福州照顾生病的表弟的小姑姑从门外哀哭回来。她无法接受才去几天阿奶就走了,表妹亦随姑姑跪在地上。全厅的人再次哭唱,惹得在外帮忙的乡亲亦是泪水涟涟。

未时,守灵出来,看到蓝布上挂着阿奶的遗像和讣告,我与弟觉得得换一张照片,于是很快做好挂上。慈祥的奶奶,我摸着照片。讣告上写着:故母王氏刘张雷妈……子时仙逝。好多人不明白刘张雷是什么,为什么是三姓。表妹更是疑惑。因我从小与奶奶一起睡,她早已把从年轻到老的事情于我们相伴的岁月中悉数告知我,我和弟弟妹妹们相比,知道得多些。我对弟弟妹妹们说,晚上告诉他们其中缘由。看着几个守灵的孝子都已是白发苍苍,我们姐弟几个商量着晚上得让他们休息。

申时,阿奶娘家人来探望。同辈中只有舅奶奶了,她偕同晚辈进了灵堂,哀唱着,内容从年轻到年老,从病痛到解脱。听得大家又是阵阵哀哭,悲伤的气息萦绕梁柱。邻居们想起阿奶的好,亦是泪湿眼眶。哭声隐去,冰棺送到。我们的心中有万般不舍,不舍得把阿奶的身体放进那寒凉的地方。然而纵有千万不舍,亦是无可奈何。

酉时,乡亲们进来告知吃饭了。叔端来饭插上筷子,姑说:"我叫妈妈来吃饭。"于是跪地,轻声喊,轻轻放,一叩、二叩、三叩、四叩。我与妹点上香,四拜。家乡风俗,刚逝者为四拜,等葬后便成仙,才改为三拜。乡俗中,孝子不能与别人同桌，不能随意进厨房，亦不随意拿碗筷。只看乡亲们尽心尽力，老爹爹总感恩有这么多人帮忙。

戌时，天气预报开始降温，零时，温度降至零摄氏度。小姑姑突然肚子痛，她说："快和妈说一下，帮我好起来！"母亲跪地，说："你已然成仙，不同往日。你爱子孙，但是，你只能看着我们，不能摸，要保佑我们健健康康。"半个小时后，姑好了。我们笑着说："阿奶真灵！"守灵时，我们把几位老人劝去休息，他们临走前还是不放心，操心油灯会不会灭，担心蜡烛会不会灭，还有香。更担心的是我们这几个小辈会不会冷。唠唠叨叨，结果是，我们五个人，十床被子。厅内，寒风吹进，我们把头缩进被子里，庆幸几位老人被我们劝回去了。

亥时，再次点上香，加上灯油。我们说着阿奶的前尘往事，为养女为媳为母，她命运多舛，一生坎坷。我们边说着，边感慨着。阿奶一生，在这最后的十二个时辰里，被尘世慢慢湮没，将于尘世中慢慢消失。寒风吹着渐渐安静的世界。

又十二个时辰，天冷到零下三度，还下着雨。远居的亲人回来，哀唱着前尘往事，眼泪洗不去曾经，点滴皆是纪念。表弟表妹回来，不舍、悲痛，默默守灵。多少年的分离，在阿奶的灵堂，我们齐聚，是喜是悲，已无从说起。说着过往，聊着甘苦，这些人间悲喜，沉睡的阿奶已尝尽，一如往常，她静静地听我们诉说。

又一个申时，孝子孝孙迎上亲（逝者娘家人），在屋外的空地上朝外而跪，哀唱。雨天地湿，乡亲们为我们铺上麻袋，阿奶的娘家人按旧习走完程序，从后背轻拉我们的衣裳，我们方可起，再于灵堂中朝内而跪，再次轻拉衣裳方可起，再次长时间哀唱。满厅哭声一片。上亲出灵堂，喝冰糖茶，灵堂内哀唱继续。母亲、姑姑们的嗓子已哑。

又一个辰时，天不再下雨，乌云散去。阿奶真的要离开我们，离开这个世界了。子孙们跪着，婶婶突然哀哭，泪流满面；

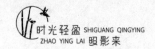

母亲、姑姑，亦是不舍，不舍。我抱着全身发抖的母亲，她们婆媳几十年相伴，已然成为母女，从此阴阳相隔，母亲怎能不哭？突然，更大的悲伤袭来，姑姑们拼尽全力想再靠近阿奶一些，再靠近一些。父亲泪流满面，静静地，有序地做着，做着只有为儿能做的事。香捧在手心，跪着，苍老得让我无法接受。我抱着母亲，看着父亲，这一刻，没有比悲伤更令人剜心的事。该走的还是要走，灵柩出门，我喊着："阿楼，素香，要走了，你得走了！"灵车在前面慢行，法师唱着颂词，炮声震天。回头看，送殡的有四百多人，一片白头，花圈相送。阿奶走得热闹，不会孤单。到殡仪馆，我们照奶奶的意思送她走，泼上清水喊着她的名字。然后，送到族屋骨灰堂，把阿奶送到祖父身边。

又一个巳时，我在朋友圈写下："从此，世间少了一位艰辛的旅者，愿来生还是您的儿孙，榻前膝下相伴，烟水阡陌相随。世间艰难，从此永别。阿奶，一路走好！"

## 爷爷泡的茶

小时候爷爷总是端着个搪瓷缸，里面泡的不是什么名贵的茶叶。爷爷不懂茶，却是个爱茶之人。时过境迁，已经忘了当年的茶是什么味道，唯独爷爷每次泡茶的画面，一直留在记忆里……

当茶水的颜色渐深，悠扬的旋律响起时，尘世的一切名利艰难，瞬间被抛至九霄云外。爷爷泡的茶不是名茶，不是陆羽推崇的茶，是爷爷的茶。爷爷的茶有家的温暖，家的味道。

犹记当年家乡的老房子，还有那一片茶山，记忆中搪瓷缸里装的茶，有夏天的味道，藤编摇椅的味道，那是爷爷的味道。

这样的味道伴随着童年，一直到如今，那就是那杯爷爷泡的茶。

时光渐逝，走过街头，抬起头看到的蓝天，跟小时候拉着爷爷的手看到的那片天已经不一样。一个人看着这座忙碌的城市，就会想起爷爷，爷爷泡的茶，还有那个家。

# 写给父亲

如果有个男人喜欢你素颜不化妆，你瘦了他心疼，你胖了他高兴……

那他一定是你爸。

## 父　亲

月下的清露，是天空漏下来的一滴汗水，沿着山尖往下滑。

山，瘦得像父亲的脸。

汗水流过，往事便长成了毛茸茸的胡须。

父亲站在山上，像一棵苍老的树。

很久了，我一直看着父亲独自在苍茫中穿行，与天空贴在一起。

而我总在窗子边张望那个背影，等待着那个身影歇一歇。

那时的我，不知道，父亲爬上山尖做些什么，但我知道，父亲一直去的那片山上有竹子，还有一群牛。

我还知道，父亲站在山上，喊着母亲，还有一条河与一只羊的名字。

太阳下山了，天黑了，乡村静了，父亲的心也暗了下来。

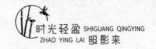

他下山的时候，用力地吼了一声，

地上的落叶便飞了起来，盖住了最后一抹余晖。

### 与父亲有关的一棵柳树

不经意间，我们一同说到那棵柳树，说到了柳絮。

那时，树叶正绿，绿得骄傲，绿得孤独。

我们恰好记住了那棵柳树。

那时，天离我们很远，我的心比天还高。

柳条把我的天空擎起，把我的身体挡在地上。

我时常想起那棵柳树，是柳叶把我点燃了，我便记住了燃烧的滋味。

如今，我常常经过那棵柳树。

树枝儿弯了，叶子褪了颜色，多少风雨在它燃烧的时候，想吹灭它。

但，柳树依然守候住一个个春天，依然坚守着。我握手又挥手，告别那一个个灿烂的季节。

我在树下望着，怀念着，怀念其中的一棵柳树，以及让我心事重重的柳絮。

### 与父亲有关的时光

时间停在了河的两岸，流淌的河水中有时间的影子。

因而，我便把时间当流水一样描述。

时间如水一样拐着弯又继续向前走着。

它在拐弯的那一刻，多么生动与神奇，它像水把沙砾推向人生的两岸，把人生流成一条条河道的形状。

不知是时间跟着流水，还是流水跟着时间，它们每走一步，都让岸上的杨柳、晓风与残月陪衬着。

我远远地看过去，有人影，有歌声，还有花香。流水在他们身边经过的时候，我担忧着。我看到了孤单，还有一些冷意。

我不敢再走近，只是远望着。

时间一直停在水上，与流水溅湿了两岸的风。

## 父亲背影里的风

风很轻。

在大地上行走着。

跋山涉水，跳跃出它的节奏。

风，没有忧伤。

它站在我身边窥视着我眼里流水的影子、太阳的光芒，还有落叶的微笑。

风沉默而低调，只是把我身边的小草和一颗种子摇了摇。

那时，风应是有重量的吧。

我回头望向它时，风已藏在一朵花的后面。

我想如风一样活着。

它可以吹响流水，吹暖太阳，吹醒落叶。

风在我的世界里，来来去去。

我想捧起它，感受它的重量。

然后用我的手，去为风打开一扇窗与一道门，我们一起走向一条路。

后来，风把我的身体折叠起来，在狭窄的路上，它走得永远比我快。

我在风的身后看到了什么是时光渐老。

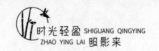

# 光阴照夜白

### 日 头

五点时,有霜。日头出来时,母亲已做好所有的事情。我们起床,霜化,无风,日头照下来,有松香味。

那天,母亲在屋檐下。日头刚好走至飞起的檐角。屋角的那棵树很老了,春天的时候也是少叶,枯枝弯曲有致,仿佛那岁月的故事,一节节添加,便成了如今的模样。树投下来的影子,刚好落在母亲的身上。太阳的微光,透过树枝,让母亲的影子有了光芒。

日光晃了我的眼。哦,母亲是树,树是母亲。

### 纳鞋底

翻出祖母给的鞋底。粗粗的线,蓝色的底。

清风、阳光,总是涌动着蓬勃的生机。它们和谐地相拥,彼此倾诉岁月给的感动。祖母的背影,总会给我清风和阳光的感觉。没有人能去测量城市到家的距离,祖母的鞋底却可以清晰地记录。

祖母用粗粗的线,颤抖着手为我们纳鞋底。旧衣上的碎布,一层层地粘起、打实,她在鞋底中缝进了温暖、月辉、劳累和期待。光脚穿上它,有些扎脚,慢慢磨,磨去曾经的棱角,更清晰地记下了那慈祥的脸庞。我穿着它出嫁,走出了山村。

有碎布,便会想起纳鞋底。

布鞋,在我的家一直被我妥帖地安放。

## 时光照夜白

临近春节，他们走在路上。雨雪天，城里的柏油路映着人影，潮湿的空气，渗到骨子里地冷。偶尔听到爆竹声，从不远的地方传来，是祭祖还是开业呢？城市喧闹的天空，飘飞着太多的思绪。那些打工的人从这里回家。

原来繁华的城市，有了难得的空荡之感，原来，人多的时候显得拥挤，如今人少，又冷清得让人不知所措。他们朝着各自的方向，青春或苍老的身体带着楼宇的水泥的气息，穿梭在村庄。时常空着的村庄拥挤了。

低矮、陈旧的土房，雨天昏暗的光线，土墙开始发黄，还散发着腐朽的味道，让人难以亲近。一棵树会长成多高，一片云会不会踪迹全无，哪一片田地荒芜，已经无人关注。老房子不远的地方，立着幢幢新房，它们时常空着，偶尔飘浮的云朵切割着从城里到乡里的时光。青年的脚步坚定。他们许多人在时光里，销声匿迹。光阴照夜白，于是，丰腴的土地上，出现了新的身影。

## 回首处

让河流说话，如果一切安静，便是有一定的理由。向低，向前，这是对的。浅滩处，好像安静无声，没有什么出乎意料。有脚踩过，就有痕迹。

阳光那么厚，厚得可以覆盖整个大地；阳光很薄，薄得一滴水也能穿透。偶尔有风，便在水面吹起闪亮亮的涟漪。谁说离开，不回首。水被阳光覆盖，阳光被水穿透，这是何等的力量，这是何种相离和相守。

阳光把自己放得很低，流水努力翻越高山。有更高的屋檐吗？能相遇吗？没有什么不能改变，阳光被水滴穿透了，流水被晒干。回首处，一滴水，一片阳光，水会被晒干，阳光会被穿透。回首处，你却什么都没看到。

# 阳光的味道

离乡这么多年，许多感受不断重复着，从最初回到虚无。在小城里游荡时，夹在陌生人之中，体会着它繁华的气息。也会在某个休闲室里，挑一个靠窗的位置，与好友相对而坐。坐在温暖的阳光中，凝望窗外，看尘烟和清风，在这样的安静里，我似乎也是快乐的。季节，也在一想一望间慢慢更替着。

也就在这个当口，想起曾祖母和奶奶在阳光下纳鞋底的场景。小时候我们穿的鞋都是大人们做的布鞋。春耕农忙，夏日炎热。这两个季节，是家里人忙于生计的时候。到了秋天，便匆忙收割。待到冬落雪、食满仓时，老人们才能闲下来。说是真正意义上的休息，也是谈不上的，在初冬大约十月初开始，家里的女人们便忙碌起来，忙着做布鞋，也忙着做些地瓜丝及干菜，这时候，家中的女人们也把这叫"休息"。此时的男人们倒是可以去走家串户，吃茶，喝点小酒。

曾祖母会在霜天时洗被子。还用米浆过一遍，等到太阳出来，便晾于竹竿上。临近傍晚，收起被单放于大大的竹筵上，这时的被单是硬而香的。曾祖母仔细铺开被单，把被芯放上，再铺上彩被面，就这样，从一个角斜着缝起，四个角都缝，才能让被子平整起来。这个时候，我喜欢躺于她刚铺好的被子上，安静地看着眼前的一切，舒心感受着一种香味，一种淡淡的清香，淡淡的阳光的味道。这种味道我依然记得很清楚。

我最喜欢这个时候的家里，有着阳光的味道。清早的时候，家人撑开大大的笸箩，再把要晒的东西铺平。母亲把不用的布头，一层层地粘起，曾祖母便用它比着鞋样，剪出大大小小的样子来。奶奶用木槌子，使劲捶打它们，让其结实。我们小孩子，在彼时是最快乐的，可以在阳光下听她们拉家常，听曾祖母那甜美的山歌：对面山林，一朵花哟，阿哥走路，别回头咯……唱着，听着，笑着。

阳光下，曾祖母的脚边，猫懒懒地躺着，猫的身边，便是菜干了，地瓜丝挂在竹架上面。女人们拿起针线，纳着鞋底。等到过年，一双双新的鞋就穿在我们的脚上，温暖舒适。时间就这样走着。中午的时候，母亲去准备一家人的饭菜。父亲与祖父偶尔在亲友家，只有女人和孩子在家的时候，母亲也就不那么精致煮菜，芥菜与笋干，加上一两个蛋，也是我们喜欢的菜肴。我们的影子从长到短再到长，从斜到直，再到斜。傍晚时分，母亲去煮晚饭，奶奶择菜，曾祖母便会拿来竹筐，收这些有着太阳味道的菜干和地瓜丝。我们有时抓起一把地瓜丝放于口中，使劲嚼起来，嬉笑不已。

在每年冬天的最后几天，也会随老人们去大树下还愿。那村头的大树上，供着村上的一个老人。乡人都说，在那里求子、官和财是最灵的。老人们会在每年的年头去求平安，为孩子为男人、亦为家里。到年底，便一个一个去还愿。

其实，那里并没有像，只是一个传说。古时候，有一个姓付的人家和一个姓张的人家，都去学了佛法，回来比法，看谁佛法精通，也就斗起法来。后来，张姓人家被付姓人家气黑了脸，把付姓人家赶到这个林子，因为后来斗法，付姓人家输了，便不敢再出来。再后来，不知过了多少岁月，这里有了神灵的传闻，便有乡人时时来祭拜，也都感觉这里有神灵。许是心灵的一种寄托吧，这里的传说，代代相传。曾祖母与一群阿祖、阿嫂虔诚膜拜，我们都在嬉笑，老人们小声呵斥，拉我们也要跪下，感谢一年来神灵的保佑。

除了还愿的爆竹声，其实，这里大多时候是清静的。我最喜

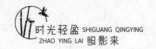
欢的就是这里的清静,坐在小溪边的石头上,看清澈的溪水,看小鱼游过,看石螺缓动。也会拾起几颗彩石来,带回家,放在玻璃瓶中,时时打量。

再后来,大家过年时忙着除尘、蒸年糕、祭祖、备年货、送年礼、做新衣服、纳鞋子,等着正月初一那一日,我们穿上新衣新鞋。于是,我们天天盼着过年,天天去看新衣,看它们会不会长出翅膀,飞来梦中,穿于身上。

# 告别约期

清晨七点。我的车了缓缓地进入久违又熟悉的小镇。这是这次行程的终点站,我看到形色各异的行人,大都脸色苍白,眼神略显疲惫。

走进小镇,找寻许久前的记忆,很久很久,心里已没有任何关于那些记忆的线索。

能立刻记起的地方已经是荒草满地。但是,它们依然带着熟悉的气息,寂静地迎接我。我习惯地摸着头发,其实想抚摸的是眼前的狗尾巴草。发现自己站于苍茫下,已浑身是汗。走过来的那条街上,落满梧桐的叶子,叶子安静地蜷缩着。

这是我曾居住五年的小镇,少女时期,我从没离开过这儿。曾经的这里,有我的气息。我回想着所能记起的种种,突然发现,原来自己从不曾遗忘它。它只是缩小成了心上的一条细细的纹路,只是,某些断处无法复原。

我随着自己的记忆走到寂静的田野,远处、近处之景,无不告诉我深秋的萧瑟,更烘托出我这次行程的孤单。

　　我披着发，沿着窄窄的走道前行，身边的行人和房舍在随着我移动，我似乎走不到尽头。从房舍缝隙中射进来的阳光照在我的脸上，我的脸像极了一朵疲惫的花。我不知去向何处。

　　苏说："来我这里，来看看我。"她说自己常走在太阳下，像一只无法收起翅羽的青鸟，突然觉得累了。她无法确定这是不是一次让自己心安理得的逃避，因为，她对生活无所求。这是可悲的，我在电话里轻声说："你是需要被照顾的。"

　　去她家时，我的行李包里只有一把钥匙和一本书。

　　随着自己的身影走过过道，能看到的是一张张陌生的笑脸，不远的出口处阳光明亮。我该把这次行程称为一次回归。快到苏的屋前的转角处，我微微有些眩晕，她站在阳光下，微笑地看着我。我们离很远的距离，一眼就可以认出彼此来。她的身后有大把大把的阳光，我们童年追赶太阳时她的背后就是如此。突然的感动，让我的眼模糊起来，原来，眼里进沙子时是这种感觉。

　　和她相处太久。从出生一直到为人新娘。我们都照顾着彼此，每一次的心痛都是二人的心结。想起那时，穿着喇叭裤走在月光下，在氨水池上数星唱歌的场景，在内心，我对她有太多的依赖，因为她知道我太多的喜怒哀乐，了解我太多的心路历程，我和她分享了我的所有痛苦与快乐。只有在她的身上，我才可以找到曾经的我，才可以找到我要的安心。

　　想起十六岁时，那个夜晚下起凉凉的雨丝，她急急地从包里拿出雨伞，然后我们一起走上微暗的山路，那是唯一一次在山里走夜路，我们相依向前。

　　走到她面前，苏把我肩上的包卸下，她说："你瘦了。"我笑着："都说我胖了呢。"我们有同样的故乡，同样的童年，同样的少女时代，太多的相同，让我们一直以来在心灵上生死相依。她胖了，为人母后，便一直是这样，我一直没太注意，原来，岁月同样在我们的脸上烙下了痕迹。两个心灵相依的旧年好友，相聚时是淡淡的，眼神中是一种只有我们彼此才知的心有灵

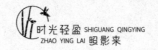

犀。她微胖的身子走在我的左边，笑容依旧那么阳光。我发现，自己特别留恋这样的感觉，原来，在的人一直会在，不曾遗失。

走进她所居住的三层小洋楼，整洁的客厅展现了女主人的勤快。知道她有一份缺失便是爱情，我见证了少女时期她那段死去活来的爱情，爱得那么辛苦，那么轰轰烈烈，又那么心痛。如今我已不能从她的脸上寻找到当年那种痛，但，我可以触摸到她内心的孤独。无所依的感情，放在哪里都那么不和谐。一场没有结局的爱，是一种破碎的美，有时，也许这样的美更能持久。她很少在我面前谈及那个男人，但我知，他没离开过她的心。苏说，淡了，爱得那么辛苦。当时无奈地选择家人为她选择的男人时，他们便结束了。

这个小镇已没有了往常的平静，多了些许的浮躁。苏说："你累吗？"我迟疑地看着她的脸，和她那双依然美丽的眼睛。

她的丈夫，是当年她家人为她选的，一个寡言而稳重的男人，给了她一个很好的家庭环境，除了心灵上的沟通，他们应是一对恩爱的夫妻。然而，我还是看到了二人眼中的疲惫。也许，婚姻与生活就是这样，永远不能如愿，但愿能安安稳稳。

夜里，我和苏平躺在床上，熟悉的气息显得那么妥帖。她说，因为内心的孤独，常有莫名的恐惧。恐惧自己的爱情会在寂静中腐烂，一点一点，从根部开始。我说，要晒晒太阳，或者丢弃。

她说："你为什么不来看我呢？"我微笑。很多时候，我走得很远，把自己的心缩成小小的一片花瓣。很长时间，她没有我的消息，我不确定自己的经常出现是否会带来一种莫名的骚动，因为消失太久，所以会这样。但是，苏会原谅我的固执，因此才会有我的肆意。

她知道我的孤独，我总是笑着不承认。她会说："快乐，月。"可能因为厌倦虚伪吧，她微笑地看着我。从童年至今，我的生活里，唯一的收获就是她。

一夜未眠。清晨六点，我们走在去观音庙的路上，这是我熟悉的小道。两边的树木林立，小鸟唧唧。在这里，我似有所依，又似无所依，一如佛经上说的"有若无，无若有，色是空，空是色"。人生，便是这样，极力要的，不一定是自己真正需要的。

回到镇上，一碗豆花摆在面前。久违的味道，让我久久呆坐在那里，直到苏叫我。这情景和当年的重叠在一起。

秋天的风十分温柔，苏穿着纯棉布裙，卷发披在肩上，寂静的身影，还有她清冷的容颜。我笑着说："我不想和你说再见，可是，我们要告别了。"一夜的无眠让我们的脸更加苍白，我们都没说那两个字——牵挂，带着微微的酸涩，她说："我们不说再见，但是要告别了。"

常会想起她的背影。喜欢看别人的背影，想象她的那张脸，为一点点相似沾沾自喜。终于她的脸和轮廓，烂熟于心。车子驶出小镇时，我没有看后视镜。我知道，她一定颓然地站在街角处。这时候会有小鸟飞过，它来过问我们的别离。我不用看后视镜也可以知道，她一定站在那里，喧嚣的尘烟拉开了序幕，没有人知道，一整夜，我们的泪曾如何悄悄地涌出。

# 听说，你将要远行

听说，你将要远行。你或许只是淡然而去，或许还有一个苦涩的理由。你感到了远行前的离愁别绪了吧？或许还准备了一个行囊。也许在一个阴霾潮湿的早晨，也许在一个晚霞斑斓的黄昏，你将要远行。我宁愿相信，在春天，所有的远行都是踏青。

听说，你的目的地是一个很大的城市。在陌生而现代的水泥

丛林里，你还能清晰地找到自己的方向吗？江南的烟雨还在淅沥着，像你绵长的情思。

听说，你还没有下定决心。又是三月，家乡的山花姹紫嫣红，你又怀念那些桃林里莺飞蝶舞的日子了吧，你会害怕一个人的旅途吗？你总希望有人结伴而行，精致的妆容掩盖不了你的忧愁，还有出门前的一点胆怯。

不要再深夜买醉，没有人喜欢倾听曾经的伤痛。在这生机萌动的季节里，眼泪也会充满青翠的生机，无论近在咫尺，还是远在天涯。那时，你将重新变得坚强，你会好好回家的，哪怕只是为了再看一眼老屋檐下那双筑巢的燕子。

听说，你将看见一个白色的世界。江南的春天没有白雪飘飞，那只是你远行前的错觉——快把白色过滤掉吧，尽快还原一个七彩斑斓的世界。你不需要彷徨，更不需要挣扎，殷切的期盼会让你勇气倍增。你还将怀揣家乡的印记，你可以信马由缰，即使身在一个斗室卧房。没有人再怀疑你的勇敢，你虚弱的身躯下还有如此惊人的能量，在生活的坎坷里酝酿，在平淡的笑容里蕴藏，在旅途的荆棘里迸发，在远行的日子里延续……

听说，一只蜗牛背着笨重的壳日夜爬行，终于累死在一棵葡萄树下；听说，一只大雁可以连续飞行千里；听说，一个人可以徒步跨越沙漠……

当那双翅膀还没有展开，你知道它能飞多高吗？当那双脚还没有启程，你知道它能走多远吗？我相信，你远行之日，就是黄鹂鸟闭嘴之时，让那些虚伪哀唱都见鬼去吧，它再也不能编造你悲惨的结局！

在一个春寒料峭之夜，听说，你将要远行。这是你第一次背井离乡吗？这是你第一次长久地远离家人吗？这是你第一次独自面对贫穷、苦难、病魔吗？那么，出发前，请你点一盏心的明灯，用你的手，用你的情，用亲人的祝福，用你顽强的生命力，给自己勇气……在那遥远陌生的地方，不能忘记归家的路。

今天，我又一次站在一座桥的中间，又一次想起了多年前冲动远行的深夜。那时，我以为，"在桥中央，无所不能"——你可以向左走，也可以向右行；你可以仰望，也可以俯视；你可以等直升机营救，也可以跳水逃生⋯⋯明天，你也将要远行。虽然你不会从一座桥的中央出发，但你仍将"无所不能"——看见了吧，天边绚丽的晚霞，那是家乡火红的祝愿。

第四辑
时光有灵

慢三拍，静一生……

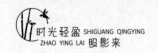

# 倚窗说古

　　早在商周时期，香寮已有古越族先民聚居。唐宋年间，中原汉人为了躲避战乱，先后有 104 姓人家南迁到此地，落脚居住。这个地僻山深的香寮村，成了方圆八百里唯一的"百姓村"。如今这个人口仅 1700 余人的小山村，竟还有 95 个不同姓氏，是名副其实的"百姓村"。这里民风淳朴，人文雅致。这里还涌现出了宋代高僧慧真祖师、道教教主曹泗公、航海家王景弘、明代农民起义军首领苏阿普、隐士王镜等杰出人物。有诗为证：

古老香寮远近煋，传奇色彩傲华孙。

唐时入驻曹公祖，散叶开枝百姓村。

屡下西洋王正使，齐名郑氏史留存。

乡间大有贤人在，广泛流芳仰慕尊。

　　香寮古村民风淳朴，民俗多样，文化遗存丰富。除了古驿道遗迹和王景弘故居，还有宋代舍利塔、凌云桥、天台庵，元代通真宫。十几年前，香寮人建造了民俗馆、景弘庙和天台山庄，不仅用于宣传该村源远流长的多元民俗文化，而且对外开放，供人参观。香寮村成了人们考古、观景、休闲、娱乐的胜地。

## 香山桥

　　香山桥位于福建省龙岩市漳平市赤水镇香寮村东南面。始建于唐代，清乾隆六十年（1795）被毁，嘉庆二十四年（1819）重建。单孔石拱桥，桥墩用块石垒砌，桥面铺设河卵石，无桥栏，东南至西北走向。桥长 13.8 米，宽 6.3 米，净跨 10 米，高 6.7 米，桥头立清嘉庆二十四年（1819）修桥碑 3 通。碑均为圆首，高 1.67 米，宽 0.73 米，厚 0.11 米，梯形底座。额题阴刻楷体"香山桥"。碑文使用楷书。其中一通记述重建香山桥的事宜，另外两通记载捐资者的姓名及款项。由于年代久远，碑上的字已模糊。

香山桥在香寮村的村口。北面为天台山，东南面为南山，靠北 50 米的地方有一座"三溪桥"，三条小溪分别为后溪溪、东山溪、西山溪，于此处汇聚，水深且急。周边是以丘陵山地为主的地形，土壤以红壤为主，属亚热带海洋季风气候，温暖湿润，雨量充沛。

有史传，因"下安"与"下付桥下"两边村民隔水无法通达，水田山野无法管理，最主要又有"曹泗公"的"香山堂"（曹氏宗祠）建起来，人们要去祭拜而无法到达，村民便集资建桥，因主要是为祭拜"香山堂"而建，便取名为"香山桥"。村民于农闲时秋末建桥，因水流急，每每刚放下石头便被冲走，无法垒石建桥，后来人们便想到一个办法，先量好两边边距，用木头做好桥的模型，在模型上放上石头垒。此法果真有用。传说建桥也耗时 3 年，古时人一块块垒砌，桥的两边皆有铜币奠基。香山桥右边是通往外面的石头路，左边是石崖。崖的上头一块大石头上写着"庵池坪"（谐音），解放后被烧毁，烧毁年代无法考据。今在旧址的旁边新建了王景弘庙，但与当初的庙毫无瓜葛。香山桥的东边小路通"下付桥下"，香山桥边上方有布满青苔的石阶，一直通往原古庵。石阶下方凿有小洞，洞里放着陶罐，据村里的老人说，里面应是骨灰，有传说是这庙里和尚的骨灰。20 世纪 90 年代还依稀可见零碎陶罐，近年已经消失。香山桥西边通往"后溪"，离香山桥约 200 米处有一石崖，石崖下水清可见溪底沙，这里供奉着"木鱼公"。传说木鱼公是个孩子，他与后

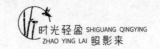

洋张姓的张公福是朋友，张公福比他年长。

香山桥下有两个深水潭，离桥近的一个叫"香山潭"，也叫"拱桥潭"；另一个叫"秀才潭"。两潭水深不见底。据说"秀才潭"的水更深，潭边上有一块大石头，石头的两边水却不深，因20世纪90年代建"岭兜水电站"，这里便成了水库，两潭已不似以前那么显眼。

香山桥在香寮山庄云雾缭绕的茶山下，历史与现代在此交融，古朴厚重又生机勃发，处处泛着斑驳的色泽，处处有说不完的故事。

## 舍利塔

天台山舍利塔始建于宋代。塔坐南朝北，占地50平方米。塔身为六层六角空心石塔，高3.2米，底座每边长1.46米，向上逐层收缩，塔壁厚0.45米；正面的顶拱门，高1.16米，宽0.56米；葫芦顶。

舍利塔地处丘陵山地，四面群山环绕，北面60米处有一条小山涧，山上以红壤土为主，树木茂密，为亚热带海洋季风气候，空气湿润。舍利塔深藏于山峦叠翠的天台山的密林深处，周边长满茂密的竹林。这里雨量充沛，古木参天，全年绿意盎然。舍利塔斑驳的塔身写尽这里的历史风霜。

舍利塔内供奉着历代重要僧人的舍利和骨灰，塔内有长约40厘米、宽30厘米的格子，7层，随塔而上，约有80多个格子，里面放着装有舍利和骨灰的陶罐，19世纪60年代还可见塔内陶罐，后被毁。

相传宋代慧真法师于这里开场弘扬佛法，看中这里的灵秀清寂，便建了天台山庙，香火旺盛。每年的农历六月，是这里的弘扬佛法月，六月整月都设法场，免费供应斋饭。人们也纷纷捐菜和米以及斋果、银、油等，还有许多人整月在这里义务帮忙，热闹非凡。初一、十五、三十，这三天住持法师会亲自到这里说法，初一人最多，附近的、较远的村庄的善男信女皆来此处祈求平安。香寮本村村民大都会选在这三天，带上祭品斋果到这里祈祷。这里还有一个特别的祈求方式，便是"圆梦"，就是心中想圆心愿可用"圆梦"的方式向佛祖祈求。由于这里离村庄远，爬山到这里要两个多小时，较远的村庄的人有的要半天才到，所以，天台山庙设有房间让人休息。床为大通铺，一铺可睡十多人，来这里的人都是心怀虔诚善意，大都结伴而行。在这里圆梦的人，首先在佛祖面前说明所要圆梦的事情，然后便去房间小憩，半睡半醒之间，祖师便会赐梦，醒后可记下情节，再到祖师处问"答应"。若是这个梦，就有人帮忙解梦；若不是，还得再去"圆梦"，直到"答应"为止。人们也会带上蜡烛、香和斋果来舍利塔祭拜。后来，天台山来了一群逃兵，有传说是洪秀全的部队。天台山的僧人被杀，庙被烧，祖师像被毁，舍利塔因没人管理而荒芜。不知经过了多少年，人们重新请来祖师像，抬至天台山山腰时，来了一阵狂风暴雨，人们便把祖师像抬到山腰的一个付姓祠堂内躲雨，把祖师像放在祭台上。等了很久，终于雨停天晴，大家便要再抬祖师像上天台山，可怎么也抬不动，发现祖师像已经生根于此。于是拿了"答应"问是不是要住在这里，"答应"一阴一阳，人们理解了祖师的意愿，便把祖师像放于这里。从此，这里便成了祖师庙，也叫"下天台"，原来的天台山庙旧址被称为"上天台"。每年六月，一整月开"法场"，有专门的人上天台山祭拜舍利塔，舍利塔香火旺了起来。许是太远，后来加上"破四旧"等历史原因，下天台香火渐渐冷清，舍利塔也没有人再去续香火，便从此凋零。

近年，上天台再次被开发，舍利塔香火再盛。它矗立在历史深处，见证岁月的起起落落，它那斑驳的塔身，与天地万物融合。舍利塔的故事，一如它东面的山顶上的红杜鹃，任凭岁月风霜的侵蚀，依然灼灼其华。

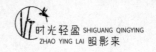

# 归去来兮，有暗香盈袖

### 漳平菁城小巷

漳平菁城小巷，与母亲再次走进它，时光更替，万物已变，如今已渐失曾经的风景，好在仍能寻得小巷。仰望小巷狭小的天空，想起 1989 年我走进菁城小巷，窄而长，幽暗，仿若通向时间的深处。即便是炎夏，走进时，通体却是沁凉，两袖生风。小巷偶尔的几声犬叫，亦是幽幽的，找不到它的来处。有时，会突然听到吱呀的门响，门后，便闪出一个苍老的身影，拄着拐杖，踱着步，转眼便不见踪影。只听见轻轻的杖声，在光亮的青石板铺就的小巷中回响，从巷的这头一直到那头。

走小巷时，会令人想起戴望舒的《雨巷》。《雨巷》的寂寥陪着我，那悠长悠长的叹息，还有贩夫走卒的叫唤声，在巷子里回荡着，巷子有多长，他们的声音便有多长。巷子的门里有一个个故事，跟雨巷一样悠长而美丽的故事。故事里总会有一个多情女子吧，或许她诗书满腹，却又十分寂寞。或许她偷偷打开生锈的锁，与她的女伴，从小巷的后门，走向桥上的水榭凉亭。此时的小巷越发多情，连风都散发着女子的香气。

巷子，总会让人遐想那久远的故事，有如深巷一样婉约与悠远。有主仆，有爱，有恋。女子们走在巷子里，一个端庄美丽又多愁善感，一个机灵慧黠又活泼可爱。故事里总会将她们主仆安排，一个害相思，一个开后门。如果没有主便没了春情，没有仆便没了秋实。不管少了谁，巷子的故事都会不完整。想来，菁城的巷子也会有诸如此类的故事，这样，巷子便有了春意、有了声色。人间情意牵系姻缘，联结因果，小巷不动声色地成全。

小巷在诗人眼里是有情调、有诗意的。在诗人的笔下，小巷有了丁香般的女子，结缘在油纸伞下。诗里的小巷是下着雨、飘着花香的，丁香巷便成了江南巷子的美丽代名词。眼前靠东倚南的小巷，亦是有江南的韵味吗？而我面前的巷子，有着泥土灰色的斑驳的墙，深黑掉漆的门，光亮的青石板，和着词的长短句，引我走向它的深处。

我在巷子深处，查找一些故事的痕迹，要往哪里找当年的繁华与寂寥？巷子似乎也老了，有了斑驳的沧桑，和岁月刻下的很深的痕。人离散了，一如老树，枝残叶落，鸟雀迁徙。假若，你也如我一样看到从某扇半掩的门后，踱出一个老人，拄着拐，着一对襟布褂，穿一软鞋，他的脸一定如墙一般斑驳。或者，你可以上前问：知这深巷，来自哪里，通向哪里？

## 漳平蓝印花布

前几日，我带母亲走进一家布店，母亲问："有蓝印花布吗？"答："有。"记得1989年，我与祖母也走在老漳平的街巷，停在一家不大的店铺前，一个老人包着蓝印花头巾，围着蓝印花围裙，旁若无人地摆弄她的蓝印花布。我们的脚步声，引来她混浊的眼的注视。她说，这是当年菁城女子陪嫁的布料，代表贴身和贴心的爱，是情真意切的恋；这是她们自己的，从纺织到染，再到裁，再到缝，都浸染着菁城女子的汗水；这是考究的布，是旧时考究的人用的，大多数女子平常都是穿素淡的蓝衣衫。

她话音刚落，我便想着，她一定是把心思密密地织在蓝衣里，着一身蓝衣，嫁给离家近的人家，那时的菁城女子让蓝印花布衣也亮丽起来。

祖母说："我就要蓝印花布。"记得那时我倚着门，看祖母抚摸着蓝印花布与店家交谈。我望向窗外的河边小径，看着许多

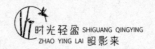

女子围着蓝印花布围裙，在河边的小径上忙碌着。而店内的老人，屋里明瓦漏下来的光线照在她的围裙上，蓝底白花的布纹清晰可见。是不是这样的蓝印花布也是陪嫁的衣服？少年的我突然想不起来了。今时，已再难寻当年陪嫁的蓝印花布了，走在这古巷，仿佛看见过往的欢喜辛酸。似乎，可以看到木桥亭檐，深巷中，无数女子头戴蓝印花头巾，腰系蓝印花围裙，她们未开口时，便展现出古菁城的韵味。

　　我的思绪从回忆中被唤了回来，我倚着门，看着母亲抚摸着蓝印花布和店家交谈着，转头瞧向巷子的另一个巷口。只见有一个院内的竹竿上，高高地悬挂着蓝印花布衣，一如旧时的染坊。但风一吹便落下，拿在手中才知，这是化纤布料。偶尔也有菁城女子迎面而来，那从身边走过沙沙响的亦是化纤蓝衣。此种蓝衣，与旧菁城的蓝印花布已无关系。如今，我的母亲亦是祖母那时的年纪，而我已感受到了岁月的沧桑。我想着那一年，1989年，我在喃喃自语的老人的店里看到了真正的蓝印花布衣。它们被妥帖地放在店内的柜上，青黑的背景，一朵朵花，有牡丹、芍花、水莲，还有一朵朵茉莉，它们有着卷曲而又细长的枝叶，美着，静着，又热烈着，菁城的阴柔便这样呈现在眼前。都说美有千态，爱有千种，我就独爱蓝印花布。现在的我，看到祖母和母亲在暗夜如豆的灯下，自裁自剪。也许，那曾经的青春与爱，曾经的菁城便在这蓝印花布的一裁一剪、一针一线之中。

# 叶　藤

　　一根骨头，一片沙丘，或者是一处断崖，那些凹凸不平的表面是自然镂凿出的图形语言。

祖先简单刻下这些记号，以表达自我的存在，产生了最早的形似浮雕的艺术。今人不同，凭借资讯和技艺的优势，试图追溯那些记号先前的状态，幻想一些活生生的形象，比如狗、江河或者叶藤。

叶藤攀附岩壁，开着碎黄的花。谷底江水悠悠地流淌。依山而居的百姓隐约了解到叶藤的亘古久远。他们熟知叶藤生存的需求和它牵根爬蔓的顽强；从叶藤盘踞断崖的形态里，他们早早就悟出木屋构建的巧思，书写下繁衍的族谱。吊脚楼群在山腰陡壁上扎根，参差错落，与草木做伴，与叶藤为邻。长久以来，正是那些目不识丁的土著居民，默默地用平凡的生活来传承一种文明。

被恣意地雕刻了图案的吊脚楼，斑驳、沧桑，历经百年风雨，唯有叶藤崭新。吊脚楼的正门朝向峰峦，窗前是青石板铺就的窄巷小街。后屋凌空，悬挑出石壁，有垂直坡底的加长木柱支持，或者靠岩壁凹坑里伸出的斜撑来加固，仿佛是古栈道上的歇脚亭。

我轻轻撩开门枋垂挂的红灯笼，跨过尺高的木槛，走进一家旧客栈。忠实的黑土狗趴在厅室地上，前爪耷拉在一根骨头上，温顺地望着主人。

这是一幢精巧的吊脚楼，布局紧凑。入口左侧，原木楼梯折向二层客房。楼板垂吊些绿萝藤蔓，成了楼梯下柜台的挂饰。堂屋摆四张圆桌，暗红漆面，映出顶棚的宫灯。桌上有八套仿青花瓷的碗碟，依稀有旧朝遗风。走近细观，我发现青花纹饰描绘得相当雅致：一些相互勾缠的叶藤，或卷或曲，栩栩如生。堂屋通透，穿过去到后厢，便是品茶观景的楼阁。木廊悬架，地板微微颤动。竹椅木几依栏而置，坐下来喝茶，更能享受山水间的暖阳、山风和绿意，悠然自得。

好客的叶藤横过石壁，牵缠到杂木栏杆上，顺势攀爬，将曲

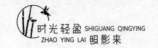

卷的触须探落到茶几上，随风摇摆。两三朵调皮的牵牛花，搭乘了藤蔓便车，捧上粉紫微蓝的花瓣，把旧木屋衬托得鲜活。

伙计摆放好青花瓷茶碗，铜壶长嘴从我身后几尺开外倒水过来，竟然点滴不漏。主人纯朴热情，走近前与我搭话闲聊。他顺手摘下一片藤叶，说："困难年间，人饿慌了，就拼命地往嘴里塞叶子。"我微笑，以前听老人讲过。

他随后又嗅了嗅绿叶，脸上露出陶醉的表情："现在好啦，它成了作料。我这里烤鱼，在炭火旁堆放些碎叶，可以熏进特别的清香。"

"哦，难怪堂屋有一股好闻的味道。"我点点头，接着问他，"鱼，就是这楼下江里打捞起来的？"

"是的。以前水深，鱼也多，抛钩就有收获。"主人侧身指着江风雾霭的流水，对我说："现在的江岸，树少泥沙重，水不行了，撒网都很难打到鱼。你看那儿，前面的江心岛荒芜了，成了一片沙丘。"

主人准备晚餐去了。我把视线收回，欣赏屋檐下的穿斗梁柱，那里有古典的木格挂落装饰。挂落，也称"罩"，是些拐纹元素的穿插叠合。从艺术史观点看，挂落构形的灵感更似来自古老植物的启迪：一种叫作菱花的藤蔓。呵，人与自然，总有着千丝万缕的联系，直到永远。

夕阳下的叶藤，泛出青翠与橘黄，正悄悄地爬上木格挂落，爬上圆柱方梁，爬上刚刚补修过的灰瓦屋脊，给生存以新的注释。

众里寻他千百度。蓦然回首，那人却在，灯火阑珊处（辛弃疾《青玉案》）。著名学者王国维在《人间词话》里对此四句给予高度评价，它富有人生哲理，并且将其比喻为"古今之成大事业、大学问者"必达的境界之一。

换了常人的视角，跟随稼轩的眼光，在热闹的元宵街景里寻寻觅觅，问伊人何在？这里展现两个截然不同的景致：一是前方人头攒动、摩肩接踵的喧闹；一是后面悄然无语、灯火零落的幽静。好一个蓦然回首！梦中人亭亭玉立，于灯火阑珊处脱颖而出。

此情此景，正是人的感知系统中知觉选择的绝佳事例。

# 故旧相迎兴味长

我的家乡香寮，山清水秀，有一座天台山。成年后的我，已很少去了。许是缘于对故乡的一种不能割舍的情感，那日的清晨，我与友人，重踏旧地。踏入有着几百年岁月的古道，青苔深浅处，无不透出那厚重的沧桑。

那是我们村人敬供几百年，甚至上千年的佛地。我也想起，小时候，和曾祖母及奶奶，挑着供品，带着欣喜与雀跃，一跳一蹦，朝那村里的神圣地走去。庙里供着慧真祖师。每年的农历六月初一或十五，乡亲们都会如我们家这般，忙向那个方向走去。或三三两两或成群结队，为了祈求祖师的庇佑。

六月这一个月最热闹，庙里的伙食时时供应，无须交费。清凉的风，祥和的气氛，远近闻名的乡人亦在这个时候相聚于此。于是，有久未见面的旧友、亲戚，聚于此，这里也成了相聚相见之地。也有人带着心愿来求，在这里，有一个特别的旧俗"圆梦"，如若你有心愿，便可以在六月这一月的某一天来"圆梦"，大多数人选在初一和十五这两天。来这里睡个小觉，眯上一小会儿，在要去睡之前，必在祖师面前点香说缘由，求祖师赐梦。

这时，有人会在浅睡时收获一个梦，醒来，去祖师前跪下翻

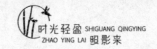
"答应"，待翻到阴阳两面时，可找这里的和尚解梦，那便是你求愿之答案，好坏皆在其中。这一旧俗，一直延续至今天，仍有人乐此不疲。小时候，我也随大家去求梦，睡一觉起来，竟无梦可解，许是山风清徐，让我一梦了无痕。

到达山顶，走过庙宇，拜过祖师，便安心行走在山风中。山外繁华，山里却是这般寂静。世事在改变，山里的一草一木却那么淡定地成长。

五月正是这里杜鹃花盛开的时节，满山的红，满山的纯粹，它们不被打扰地开放着，那么含蓄又那般张扬。山风吹过，微凉，整个山谷的花，在风里摇晃着。这时，如果你能赶在清晨到达山顶，那么在云海之下、云雾之中赏杜鹃，别有一番唯美与大气之感。这种壮观与婉约并存的时候，是震撼的。那是一种缘分，能把你震撼出眼泪来。

如今，庙宇仍在，去的人却越来越少了。在不久的将来，不知这里会不会被现在的文明所湮没。与友人，一阶阶地走。临高处，大声喊起，听那回声。也可以在寂静之外，回忆、向往。

回望曾经有过的繁华和显赫，在时光中，如过眼云烟，却也如酒香，有着它沧桑的味道。暗淡了一些，也藏起了许多尖锐。


# 细数旧时光


## 老　宅

青砖黑瓦，画檐石雕，灰色的墙，灰色的门。我没有住过老宅，少年时，时常听祖母与曾祖母说着关于它的旧事。它隐在竹林间，西厢处的墙角有一棵和它差不多年岁的梨树，果子结得老高。我对那棵梨树总是充满遐想，希望它会在梨子成熟时，随风落下来几个，因为树实在是太高了，我们很难能吃到刚好成熟的梨子。老宅坐东朝西，没有抱厦，大门开在偏北的地方，所有的房间都打了水泥，想必当初它是最好的房子了。老宅大厅光线明亮，房间却是阴暗狭小。从记事起，老宅的正房的小阁楼里，就放着几口寿棺，抬眼间便可以看到，散发着它独有的阴冷气息。因此，我们便不敢走进正房，经过时，亦不敢抬头看它们。有一种莫名的恐惧，让我在每一次眼神触及它们时，有一种窒息的感觉。于是，对于老宅，我便有了另一种不可亲近与害怕之感。

老宅靠内的墙大都是木质结构，曾祖父从镇里搬到这个村子时，几经周折才住进老宅。因为从外地来，没有田没有地，日子过得清苦。纵然亲戚们常常接济，但日子还是艰难。有亲戚提议，老宅里有一个孤寡老人，亦是我们的一个亲戚，因为无夫无儿无女，家中有房有田，只希望找个可以养老送终的人。于是曾祖父与曾祖母带着祖父便住了进来，侍奉她，直至终老。

听曾祖母说，老宅里的高祖母，为人冷淡，亦不太与人交往，纵是有事，也很少求于他人。但她很疼爱祖父与父亲。高祖母是解放前宁洋县县长的亲戚。县长因为家离县城很远，不能一天到达，于是在此处建了房，好有个歇脚之处，又因无人看管，便请来了高祖母打扫看护。高祖母尽心尽力，后亦结婚，但终未能偕老。高祖母并没有因此受到打击。曾祖母说，每一次县长要回乡时，都会在这里歇一个晚上，身后便是一大帮的人。有时，有坐着轿子的贵妇人，裹着小脚，穿着绸缎衣裙，满头的金银饰品，说话细声细语，身边跟着的丫头亦是俊得不得了。曾祖母要为她们打好洗脚水拿到房内，由她们的丫头管着，如果贵妇人高兴，也会赏些小铜钱给曾祖母她们。第二日，大班人马浩浩荡荡地走出村子。曾祖母说，以前，虽然他们是大官，但对高祖母一家是礼数周全，客客气气。我对于老宅里的故事是好奇的，然而很少能听到老人们详情尽说，偶尔也就那么随口说几件。

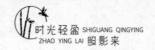

　　对于老宅的历史，我们这些小辈是模糊的。从我记事起，我们家已搬出了老宅许多年。大人们把没什么用的大件家具放在老宅里，也把鸡、鸭，放在老宅的天井里养着。于是，或在清晨，或在傍晚，老宅里，依然人气旺盛。我最怕在傍晚的时候去老宅，母亲总会在这个时候叫我去喂鸡鸭。于是，我只能叫上妹妹与我一同去。妹妹亦是害怕的，但是大人吩咐的事又不得不做，于是，两个小鬼手牵手蹑手蹑脚向老宅走去。我们最怕的就是正房里那几口寿棺，每次眼睛看到那个"福"字，心便会莫名地颤抖起来。如今想来，这应是对死的一种恐惧。我和妹妹急急地走过正房，急急地撒下谷食，匆匆锁上那已斑驳的大门，跑着回到家里，路上还要回头看，有没有如人们传说的背影什么的跟过来。到家后拍拍胸，舒了一口气。

　　老宅有七间屋子，一个大厅，一个天井。白天里，偶尔可以看到蚂蚱跳过长满青苔的台阶。老屋的气息是安详宁静的，屋后是一片竹林，中间有一条小道，墙的两边各开着两个窗子，像极了它的耳朵。左边的窗子边有一棵高大的梨树，右边的窗子边是条小路。我还经常从这两个窗子里往内看，看老宅的过往。偶尔会有壁虎从窗棂爬出来，我就顺着老屋的墙根走，看着它，直到它再次进窗。我也经常沿着那条路绕过老宅的大门，往南边的梨树走去，因为树太高，一直打不着梨，常常就这样仰望着，期待来一场大风，把它们吹落。偶尔也真的会有风来，也掉几个梨下来。这时的我，幸福地傻笑，然后抱着它们，找邻家姐妹去。

　　老宅在岁月中散发着它独有的气息，缓慢地在我们面前逐渐陈旧。如今快要倒塌的老宅，以及它承载的故事，都渐渐成为空气中不可触摸的气息。我总想用心灵去感知它那特有的凝重，好似在每次提及它时，便可以从远方再回到原点，无法企及，无法丢弃，一如孩童时，对它墙角边的那棵梨树般，充满期待又满是失落。

## 影　韵

小时候，我总喜欢站在黄昏里仰望它。它如一道可以通向夜的门，在暮色中矗立，我也喜欢在这样的景象里回忆。不知是心境老了，还是现在的繁华挤占了太多的纯朴，我总会回忆年少时的场景。

那时，在夏天的夕阳中，我们随意地跑起来，鞋子抛向空中。这时刚飞出来的蝙蝠被迫改变方向，鞋子在空中画了两道弧线，而后急速落地。在这个当口，蝙蝠掉头飞向更高的空中。我们更是一遍遍地把鞋子抛向空中，想着把蝙蝠打下来，让它一头撞到地上，可我们每次都没有成功。它们无言地忽右忽左、忽高忽低，那沉默的暗影，让黄昏变得更加神秘。然后，夕阳慢慢地淡去，黄昏便这样慢慢变成了黑夜，朴素又透明。

早年，村子还没有电灯，忙碌了一天的人们吃完饭，就会挑一家门口有大坪子的，拿几个小凳、一壶茶水，女人们用扇拍打着蚊子，拉着家常，男人们点着烟，说着今年的农活。有月亮时，人们会泡起茶，一杯接着一杯，偶尔也看看门前的菜园，也看看不远的山，说的话题总离不开孩子与农事。哪家孩子考上重点学校，哪家孩子不读书了，谁家的田里没水了，谁家的稻子长虫了。没有月亮的夜伸手不见五指，看不清人的脸，只有开口说话，才知道对方是谁。村子里的稻田从村头一直延伸到村尾，禾苗在夜风里跳舞。向西的一个缓坡里，能看到萤火虫闪烁。我们在大人周围嬉闹着，刚洗过澡的身子又是大汗淋漓。

乡村的黑夜是透明的，如一朵待开的花，富有张力，把我们的梦包裹，然后，悄悄融化。那时的夜清新又干净，散发着泥土的芳香。萤火虫儿在它的翅影里游走，待萤火虫儿越飞越近，然后绕过芒花，飞进院墙。我们便跑进院内，把它们拍到地上，装进我的透明瓶子里，它就在黑暗中透着一点一点的光，我们便把它放在芒花边的草地上，用它来吸引更多的萤火虫儿。

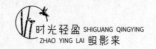
我们时常会追着萤火虫儿，把它们一个个装在透明的瓶子里，带回家里，放下蚊帐，把它们一个个放出来，于是，蚊帐内，星星点点，美丽又梦幻。除了这些，夜里，便没什么可看的了，这些萤火虫儿便成了孩子们想象的出口。

黑夜就这样不动声色地看着我们。黑夜里已无人居住的老宅显得孤独又神秘，在夜里，我经过它时，总会看老宅门口的铜锁，在那时安静的夜里，它显得寂寞与冷清。

乡村的夜是安静的，如果有雨，便能听到禾苗叶子动听的演奏，沙沙、哗哗。屋檐的水滴到那已被滴成小螺形的坑里，有节奏地在夜里滴答作响，然后我伸出手，接住它们，水溅湿袖口，便会听到曾祖母叫：湿了湿了！

回忆是酒，越品越醇；回忆是茶，越品越香。我想念那纯粹的夜的黑，它从山顶一直到树枝，在每个角落的每个细节处，一如温暖的翅膀，把我抱在怀里，任我想象，任我依靠。它把乡道掩盖，把桥梁托起，把树收藏，把狗叫拉长，把原野清理，把我们的思绪带得更远。

乡村的夜里，我曾经的那一抹影韵停在不远处，在树梢之上，在屋檐之下。它正悄悄地孕育着一个个希望，在黎明到来之前，把它们一一散落。

## 乌　黑

许久没看到飞翔的乌鸦了，年少时，常可以看到它们在不高的空中盘旋。那时，常常会有很多乌鸦一起飞，还不停地叫着，那种声音常常是在午后安静的时候传来，听来有一些恐怖，乡亲们常认为这样的叫声不吉利。

记得那是秋末时，我与母亲经过一处旧牌坊，天渐暗，成群的乌鸦从我们伫立的稻田上飞泻而来，像黑色的暴雨，落在离我们不远处的空地上，黑黑的一片。

那一刻，我内心充满恐惧，那是一种极恐怖的侵入，扰乱了我们的安静。又是不吉利的，如乡亲们说的，我有些莫名的恐慌。母亲忧心地叹了口气，又不知要发生什么事了。她的眼神暗淡，若有所思。母亲的话像石头重重地击打在我的心上，我有些惊慌失措。

我们不由得停下了脚步，等这群要命的瘟神自动走开。前面的那一块空地上，站满了乌鸦，黑黢黢的，看上去令人头皮发麻。它们悠闲地走来走去，在小范围内飞翔，时而发出可以刺破神经、冲破云层的声音，声音凄怆至极，闻之欲悲。

不知它们是被哪里的死亡气息吸引，还是在向我们暗示着什么。听大人们说，它们极喜欢死人的肉，战争时期，常常可以看到它们。这群乌鸦不知从何而来，仿若来赴一场死亡的盛宴。这种气息，让我有种莫名的窒息感。

没过几天，母亲的话应验了，两个恋爱中的人，因了家人的反对，在对面的山里，就是当初乌鸦站的空地的不远处殉情。那时的哭声似乎可以震动那座山。我在远处张望，看对面的山，幼小的心灵也随之一颤。

那天，我看见一只乌鸦再次飞过那里，它孤独地拍着翅膀，盘旋一阵之后向北而去。那时的我，又害怕，又好奇，怕再见到这个东西，又想它来是为何？当初，它的到来暗示着什么，如今，它的离去又昭示着什么，我不得而知。

如今想来，这或许是一种巧合，世界上还有很多无法解释的东西。如今，已经很少能看到乌鸦了。不过，回忆起那一幕，我仍有些许惧怕，些许感慨。有些东西，我们在不经意间失去而未曾发觉，这是可悲的，譬如乌鸦。不管它是如乡亲们说的灵异，还是我们通常理解的自然界里的动物，我想，它只是一种生灵，一种可以亲近我们的生灵，而我们在不知不觉中，已再也看不到。

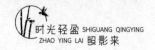
# 《红楼梦》里数年华

### 那一年，我十一岁

　　小时候，看《红楼梦》觉得很吃力，很多地方根本看不懂，最明白的就是俩"玉"看《会真记》的片段，那时候这一节看得很明白，后面的内容就根本看不懂。那阵子，越剧《红楼梦》正在播，太火了，每个放映点轮流播放，每个放映点又离得老远，几个村子合起来有一个放映点，我们村因为太偏远了，村子亦不小，后来政府允许我们村设一个点。父亲和表姑是放映员，但是也没有好位置，也是要父亲早早托卖票的留票，只有这个好处。轮到我们村时，记得是晚上快十二点，他们还没到，全村的人都在等。那时候哪有什么娱乐节目，就是夜里女人在一起拉家常，男人一起抽烟。有一场电影，那是多高兴的事啊，就是到夜里十二点大家都还坚持等。奶奶实在熬不住了，要背我回去睡觉，我哪里愿意，就是要等。睡一觉起来，他们还是没到，好多孩子都坐在椅子上睡了又醒，还叮嘱好几次，到时要叫醒自己。后来也不知道什么时间了，我像做梦似的被大人摇醒。眼睛实在睁不开，影片播之前又要播计划生育宣传片，感觉好久好久，终于，越剧《红楼梦》开播了，孩子们因为也睡了一觉，一个个可有精神了。越剧的唱腔很好听，唱词也很好。越剧太精彩了，加上《红楼梦》书的知名度，全村几乎是万人空巷，连小脚的曾祖母、不出门的曾祖父也一起来看。曾祖母还低低地跟着唱。要说老小孩，曾祖母绝对是，到老了还调皮。一看到林妹妹，一看到宝哥哥甩着一个东西唱着词就这么进来了，父亲在开播之前就对母亲说，这就是床头其中的一本书的内容。我惊呆了。从那时开始，我也爱上了越剧。我不知道别的孩子是不是看完了整部戏，反正我自己是瞪大眼，一直看到剧终。感觉好神奇，书里面的内容搬到了银幕上，景也这么美，衣服也这么美，人更美，唱词也好听，所有的都是那么好，书反倒没觉得好看呢。我记得播完时，天蒙蒙亮，黎明的天，微白，带露的小草，远山墨绿，小道亦是湿湿的，走在路上，我的头发亦是微湿的。人群中，有人说好看，有人说就那样，还有一个特别清晰的男低音，红楼梦，红楼梦，越看越爱困（方言：爱睡）。呵呵，男人都说是是是，女人的戏嘛。看来，《红楼梦》与越剧在他们心里都是属于女人的，而他们应是要看《水浒传》《三国演义》这样的作品了。

从那次看越剧版《红楼梦》后，我没事就去翻《红楼梦》那本书，把影视剧和书的一些内容对应起来。有些场景似乎可以对得上，但是大都是无影可抓。我有点懊恼，总也看不懂，总喜欢把影视剧的画面与书本中的文字找出重叠的地方。后来，自己也失去了信心，不去理会这本书了。从那以后，这本书在什么时候无影无踪也不得而知。很多年后，我问父亲，他说记不起是收起来被虫子吃了，还是被借走了，就这么没了。

后来，我不再去看书，天天要喂鸡鸭了。到十二岁时，我第一次接触了琼瑶阿姨，在杂志《大众电影》上看了她的《窗外》连载。书里的人哭，我也哭，书里的人笑，我也跟着笑，现在想来有点神经兮兮。这样的书一定很快就看完了，然后要等好久才能看下一本。其实有时杂志并不是每期会送到的，有时送到的也不一定是最新的。断断续续的，也没有看到结尾。我本来不是个爱闹爱玩的孩子，母亲亦不许我像男孩子那般疯玩，所以在家的时间比较多，偶尔又去翻那本书。要知道，孩子是最有好奇心，但是最没有耐心的，本来就看不懂，加上没有耐心，好奇心也过了，翻三两下就又放回床头。不过，在我的脑海里，总也会有俩"玉"看书的场景，这要感谢越剧《红楼梦》了，让我对此有了

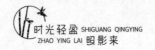

具象的画面感。

## 那一年，我读初中

人生最美好的就是豆蔻年华。"婷婷袅袅十三余，豆蔻梢头二月初"，这是杜甫难得的轻盈诗句。在这美好的年华里，我感觉自己周遭都是轻盈的，天那么蓝，狗尾草那么美，躺在那里，空气都是滑滑的、润润的。这时候，我会想起宝玉和黛玉来。很奇怪，对《红楼梦》的整个记忆就只有他俩，现在想来，应是他们的纯真与美好吸引了我。那时候，不经世事的我，哪里知红楼女子最后的结局，能够记下的都是美丽的，这便是真善美的力量。

十三岁那年的夏天，我离开小村，去镇里的中学读初中，与好友一起，我们三个人天天结伴而行。那年月有一辆自行车实在太难了，何况我们每个星期才能回一次家，更难有自行车让我们一用就是一个星期。我们基本上是走路去镇上，我与两位好友每个星期五傍晚走路回家，并没有感觉到累。一路上，讲我看过的林妹妹，讲那时候的心事，并不讲学习，父母也没时间管我们的成绩，全凭自觉。当时，琼瑶的书盛行，比如《月朦胧鸟朦胧》《窗外》《彩云飞》《庭院深深》《海鸥飞处》《心有千千结》《一帘幽梦》《碧云天》《在水一方》《人在天涯》《我是一片云》《雁儿在林梢》等，我疯了似的看。我看每个故事的女主人公都有黛玉的感觉。多愁善感，多才多艺。我每一次与她们讲起，都要说到《红楼梦》。小伙伴也耐心地听，真善美是相通的，我们说起来并不觉得有什么不同的地方，感觉她们就是林黛玉了。后来看《七侠五义》《隋唐演义》等，初中能看的书比小学多了，学校可借，同学也可借。就是没有看到《红楼梦》。后来供销社进来了小人书，有《红楼梦》《水浒传》《三国演义》《孔子》等。《红楼梦》没有连载，一本一个故事，两角多，我会把父亲给我的零花钱攒起来，等够时去买一本看。可是，往往要等很久才能攒够买一本书的钱，小人书是不等人的，所以，我基本上就买一本或两本。买过一本《红楼梦》，供销社不进就没有货了。后来，就买别的。也没有太多的钱，也就买三两本。记得我那本《红楼梦》的故事是宝黛二人看《会真记》，小人书页码不多，不过，画得可生动了，我看完小伙伴也借着看。

1986年的夏天快要放假时，我们年轻帅气的语文老师在课堂上讲起了《红楼梦》，他潇洒地转身，在黑板上写了"红楼梦"三个字。我突然毛发直竖。原来，也有人在看这本书，我心中嘀咕。他从大荒山开始讲，讲了宝玉和黛玉，讲贾母，还有好多人物，很多都是我不知道的内容，经他一讲，感觉有些地方很熟悉。很快就下课了，后来我也忘了是找老师借，还是找同学借，我再次拿起《红楼梦》从头开始看。当时那本有部分注释，比如已经没有的地名和风俗，有些太难的方言，在每章的后面有注释。因为年长了几岁，加上有注释，看起来没那么吃力了。那年的暑假，陈晓旭版的《红楼梦》电视剧开播了，晚上八点多，两集播，现在都想不出为什么弟弟妹妹居然没和我抢着看，可以肯定一点，他们是不喜欢看的。两个月的时间，我天天晚上看，拿着书对着电视剧看，白天看书，晚上看电视剧。现在想来，那时的电视信号真不好，看不了一集，屏幕上全是雪花粒，就得去挪动那根在户外绑在长长竹竿上的天线，对着西山也叫官帽山的方向转台，最后还得父亲帮忙，才能接着看。看到宝玉被打，黛玉哭，我也跟着掉泪，白天再看书，越看得懂了，也哭，跟着黛玉哭。看到宝钗扑蝶，小红和坠儿的悄悄话被宝钗听去，宝钗情急之下叫了林姑娘。宝钗的这个举动，当初我看时，并没有厌恶之感，许是少女心事浅，没有把它们联系起来。还有史湘云醉卧睡石，在花丛中像个仙子般。这个时候的林妹妹独自一人在葬花，宝玉在她身后掉泪，看电视剧时，我也心事重重，心里也会埋怨林妹妹太过悲情。整个夏天，就拿着《红楼梦》对着电视剧看。这时候看《红楼梦》，喜欢看的是二玉的爱情、办诗社、刘

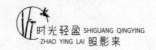
姥姥进大观园以及元妃省亲。这是最为热闹的时刻，小孩子总是爱看美的和好的。

其实看《红楼梦》有点辛苦，我只能断断续续看它。古龙便是在这个时候走进了我的心。喜欢他飘逸的笔触，亦喜欢他不羁的笔锋，淡淡的情意，亦真亦假。我喜欢他的《多情剑客无情剑》《楚留香》《陆小凤》《七种武器》《绝代双骄》《欢乐英雄》等，古龙将戏剧、推理、诗歌等元素带入传统武侠小说，又将自己独特的人生哲学融入其中。1985 年，他去世了。我当时并不知，应是在许多年后才知道。后来的三毛，把我带入了她的沙漠世界。荷西，沙漠，小新娘，稻草人，还有那个可怕的荒山之夜。三毛亦是不羁的、乐观的。看三毛是快乐的，是温暖的。梦里花落知多少，痛苦就是这样突然来临。荷西走了，三毛的心死了，只留一副皮囊在人间流浪。那首《橄榄树》真的很美，那是三毛与荷西在一起才有的情景吧？最后便停留在张爱玲那里很久很久。与《红楼梦》一样，从此就停留在生命里。少女时代，似乎没有烦恼，整个人是平和的。留着披肩发，搁在肩上，妈妈老说，我也不去扎起来。我不去理会，照样如此，待到头发及腰时，再去修剪。抱着书，披着发，走在学校的林荫道上，那时候也不会感觉这也是美的。如今想起来，这么的美好。自然的东西便会更让人留恋吧。还有那排法国梧桐，春天我与小伙伴靠在树下，桐花一朵两朵三朵地落下，然后越来越多，像花雨一样。我用手去接花，捧在手心里，放入书页中，与友对笑。我们还在三棵梧桐树上用小刀刻上字："十年后，再相会。"现在想来，这树这字已经无处可寻，记忆里，依然可见当时青涩又真诚的我们。学校后面的那片桃林，花开得粉艳，我们在傍晚要去散步时，故意经过桃林，为的是接下几瓣桃花。当时流行唱李玲玉的《妈妈的吻》、陈力的《葬花吟》、龙飘飘的《惜别的海岸》、潘美辰的《我想有个家》、齐秦的《大约在冬季》《外面的世界》《缘》等，傍晚散步时，一路唱它们。它们陪我们度过了中学时代，浪漫、快乐，还有小小的羞涩。我把《红楼梦》说给小伙伴们听，她们都喜欢。哦，这一年，翁美玲去世了。消息到我们这里时，应该是半年后了。我们散步都是在傍晚，从学校走到另一个小村的亭子，不到两公里，回来刚好上晚自习。亭子那儿有一眼地下泉，我们也会跑过去喝几口，甘甜甘甜的。春天，会特意经过桃林，因为桃花好看。其实，那条路特别泥泞，我们坚持走到桃花谢了，才换一条比较好走的路。另一条路虽然没有桃花，但是有竹笋，小小的路边笋。我们一路边走边唱歌，日子简简单单。

## 那一年，我毕业了

我毕业了，和伙伴一样没有考上大学。在家中待了大半年，有一天好友说："去帮人家种香菇如何？"我愉快地答应了，曾祖母和祖母不同意，说："到那个山旮旯去多不安全，家里又不要你去赚啥钱。"我坚决要去。好在母亲与父亲并没有反对，俩老人也没再说什么，嘱咐我："一定要注意安全，离砍木头的远点，就做种菌的活，安全。"我乖乖地答应，生怕自己因一点不好的态度而被阻止这趟出行。记得那时坐中巴，早晨五点就出发，父亲送我到车站。其实，村里的小礼堂就是车站，我和好友四人坐上车，父亲本是沉默之人，话不多，只说："好好干，几个小孩子。"我很兴奋，终于可以自己去赚钱了。车子摇摇晃晃了两个小时，终于下车，还得等人来接，目的地在大山里的一个小村子，叫麻坑。接我们的人来了，我一看，咋这么眼熟？接我的人也咦了一下，问我："你要做这个活吗？"我说："对对，是你要种香菇吗？"他说："是呀是呀。来来，自己人。"我与伙伴们分坐两辆摩托车，一辆三个人，又摇摇晃晃，在山路上走，只感觉，一直上坡，一沟沟的泥土路，摩托车的轮子根本走不了啊！可是，他们就是轻轻松松地把我们载到了村子里。下车看，十几栋房子，一栋栋离得好远，根本感觉不到人烟之气。我

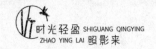

们相视一下，好担心。摩托车停下来的地方，是在房子的后面，这是一栋大房子，看烟囱里面应是住了好几户人家。房子的后面砌了半人高的弧形围墙，围墙内有几棵很大的梨树和李子树，还有一棵柚子树。院子整理得很整齐，没有什么杂草。我去的那个季节是秋天，远山亦是黄绿相间，风吹过，李子树梨树的叶子掉了一地。柚子树是不掉叶子的。我们从后门进去，房子的后院靠近公路，所以主人进出都是走后门。当初就想着可以自己赚钱，根本没去在意条件好不好。

随着我们进门，便有一声很尖的女人声音飘过来。说是飘过来，是因为根本没看到人，就只听到声音。又听到女人骂骂咧咧的，出来一个壮实的长发女人。"啊，是你们啊！"这声音这么大声，抬头一看，这不是前几年从村子里出嫁到麻坑的亲戚吗？哦哦，对对，他们是夫妻。女人利落地接过我们的包，大声地说："都是自己人，别生疏哦！来来，带你们去房间。你们会种香菇吗？"看到我们这一群细皮嫩肉的妹子，她一下子担心起来。我们说："会的，我们会种。"我们是真担心叫我们回去，异口同声回答。房间内有一张很大的老式婚床，一张桌子。我与两个同伴同床，三个小姐妹叽叽喳喳地聊到好晚，女主人尖厉的声音在楼上叫停。第二天我们便随主人去山上，说是山，其实就是一个小土包，他们把段木载到这里，载来菌种，一个人在煮蜡，有的人先在段木上打孔，三四厘米深，我们便把菌种塞到这些孔里，再把煮好的蜡涂抹到孔上，很简单的事情，当时并没感觉到累，而且小孩手脚灵活，除了力气不够，其他事情做起来特别麻利。中饭都是在山上吃，就地煮，主人带去米、菜和调料，女主人煮好后我们吃了，她便回去。第一天，我们不声不响地做活，傍晚下工回到住的地方里，女主人早就备好晚饭，我们洗漱好麻利吃完，依着我们的老习惯，散步。小村子的夜来得很快，太阳一下山夜便来了。我们走了一小段路，没敢走太远，回来坐在梨树下的草地上，看着星星，唱着歌，没有了大人的唠叨，心中便不会有挂碍，唱着《我祈祷》，说着《红楼梦》。

## 那一年，在新华书店上班

那一年，我和先生带着孩子在城里安了家。自主巷，一条长且窄的巷子，就两步宽。每天都是在锅碗瓢盆的声响中醒来，在巷子对面房里妇人催孩子吃饭的声音中，推出自行车去新华书店上班。和平路，两边的梧桐树有两层楼高，春天的时候，白色的花在树上开得热闹。春末这些花就和春雨一起落下，落在伞上；有时没下雨，风吹过，也会落在身上。自行车的篮子也装了几朵，我并不去拿掉它。再看对街的桐花，纷纷落着，落在地下，白白一片，踩上去软软的。在新华书店我管理的是文学艺术柜，几百上千本的书，从"四书五经"、《史记》、"三言二拍"……一直到国外经典小说《飘》《红与黑》等，几百种的"闲书"被我一本一本地摆上去。文学艺术柜的柜长是一个优雅且有能力的女子，通情达理，亦是万事洞察。她看出我极喜欢看书，便允许我在空闲时候看书，在不损坏书的情况下还让我带回家去看。我从外国文学一直到中国古典文学，一本一本地看。我看书有一个习惯，先看序再看结尾，就看结尾的最后一章，然后重新回到开头。《红楼梦》在新华书店里有好几个版本，我看的是程甲本。从当初的那个不谙世事的小孩子到当下已为人母，读这个版本，我已经能够轻松看懂了。从此以后，我的床头总放着《红楼梦》，还有《飘》。我开始喜欢湘云，喜欢郝思嘉。喜欢湘云的洒脱纯真，喜欢郝思嘉的纯粹。真是时光轻盈照影来，红楼梦里数旧日。

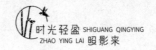

# 那一场空寂

　　清晨，太阳暖暖地照着窗台。阳台上的紫薇花没有凋谢。临近的街口，安静得没有影子晃动。林张望着这温暖的景象。

　　电话响起，是一个友人的。这个清晨，林接到了一位老者的电话，那是他一直敬重的老者。他病了，病了很久。这些日子，林显然忽略了他，忽略了这位老者的存在，不觉有了一丝愧疚。林与老者算是远亲，林的名字便是他起的。因为年少无知，林硬是改了一个字，音同字不同，意思也被颠覆了，他因此还一直遗憾。老者学识渊博，生活恬淡，心境平和。林常常会在心情浮躁时走进他的院子，听他说《诗经》，说宋词，唱元曲。他跟林说着五柳先生的恬淡、李白的豪放，说着李易安的悲凉、东坡居士的洒脱，林的心便安宁了。

　　今天，林再一次推开木门，走进种满花卉的小院。小院依然温暖干净，香樟树苍劲依然。老者躺在香樟树下的躺椅上，几步的距离，林便看到他清瘦的脸。他沉沉地睡着，林不敢打扰那样的恬静，脚步轻轻地走过，阳光从树叶的隙缝照下来，刚好照在他的脸上。林看到的是最美的画面，百年的香樟树下，一个安详的老者，安静地睡着了，似乎不入红尘。时间便在这动与不动之间流逝着。林凝视着他的脸，沧桑而安然，浓郁的眉舒展着，显然，病痛没有折磨得他丧失意志。

　　他在林的凝视中醒来，林的身影打断了他的梦。"丫头，你来啦。"依然爽朗的声音。林坐在他身边的石凳上，石桌放着茶叶与开水。伯母买菜还没回来，林为他续上茶。他的手轻微地抖着，林的心有了些许的疼，病痛还是悄悄侵蚀着，生命在病痛面前，显得那么无力。"好些天没见到你了，丫头，身体怎样？公司的事情解决了吗？能放手就让手下去做吧。孩子学习还好吗？"一连串的关心，让林越发惭愧。林常常会在生活中将他忽略，而他，如孩子般一直惦记着林。林一一回答了他的问题，不敢再问他的病情，只和他说着家常。"丫头啊，叫你来没什么事，因为担心你，这些天一直乏，昨夜感觉有些精神，叫你来想和你说说话，还有一样东西要给你，留着做个念想吧。"林突然有了一种不祥的预感。

伯母回来了，她是一位贤妻良母，一辈子为家为孩子为丈夫默默付出。林一直叫他伯母，其实，按辈分林该叫她婆了。她拉着林的手，嘘寒问暖。两位老人有三个孩子，一个在上海，一个去了国外，身边只有一个女儿。老人向伯母比画了一下，不一会儿，两本书便放在林的手里。一本是《脂砚斋全评石头记》，书页泛黄。如此贵重的书，林哪敢接受。两位老人严肃地对林说："书放在爱书的人手里才是它的好归宿。"林惶恐地接受了这沉甸甸的爱与信任。

晌午，林与伯母把他扶进房中，老人略显疲惫，林帮他掖了掖被子，默默陪他坐着。他又沉沉地睡去了。林拿着《脂砚斋全评石头记》翻着，一股晦涩的味道随着水烟味扑鼻而来，这样的味道暗示了老人的珍爱。瘦弱的身躯在被子下显得更瘦小了，太阳从窗子照进来，房内没有病人的怪味，只有清爽与温暖。林不禁感慨世间还有这样一对不落俗的老人。

老人似乎梦见了什么，喃喃自语。林与伯母不再说话，伯母忙着织手里的毛衣，林看着手中的书。安静的房间里只有老人轻微的鼾声。似乎过了很长时间，鼾声没有了。老者一直躺着，一动不动，一脸祥和。林突然害怕起来，赶紧走过去叫着："先生，先生……"他睁开眼，没有回答，朝林微笑着，目光有不一样的亮光。他转过头，深情地看着妻子，笑意更浓了。

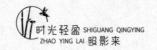

眼神再从妻的脸上转到窗外，林似乎看到他眼中有一种平和的渴望。窗外，古树沧桑，阳光明媚。他收回目光，悠悠叹了一声。伯母关切地走了过去，突然急切地叫着先生的名字。林急得跳起来。先生的眼突然睁大，脸轻轻抽动，眉间紧锁。林突然明白了怎么回事。

老人口微动，唇微抖，手抬起来，似乎想说些什么，可林与伯母什么也听不清。他努力想让她们明白，她们努力地想听出什么。可是，所有的努力都是徒劳的，他放下手，终于放弃了努力。他不再挣扎，他的眼神暗淡下来，他似乎更累了，闭上了眼。林和伯母以为他睡着了。伯母帮他盖被子的时候，他全身动了动，两腿蹬了一下，伸直了。伯母的泪便无声滴落。先生的神色变得平静而安详。林知道了，也许，他走了。医生来了，只说了一句："人去了。"

伯母没有大声哭，只是无声流泪。林知道，先生生前便嘱咐她，他去时，不要哭。他走了，安详平静，没有痛苦，没有遗憾，没有世俗的喧哗。他走了，给了屋子空静，给了樟树怀念，给了妻儿缅怀，给了林感动。他走了，在林的眼前，在这个阳光很暖的中午，在这个紫薇花微红的时候。他走了，院子静了，树叶没有飘落。

一个生命在林眼前渐渐消逝，将随尘埃一起沉入岁月的最深处。林看着一个老者的生命渐渐远去，看着一场空寂弥漫，懂了何谓空来，何谓空去。

# 捡拾一月时光

## 一

走在乡村的路上，阳光不在，风不大，不远处的阁楼里的窗帘微动时，我正好看着天空。

云朵低沉，像极了父亲转身时的沉重与厚度，一样地用力渲染着季节的暗淡。梅即将开放。梅枝冷艳，白色的花已然舒展。晚上十时，我们尊敬如父的姑父在除夕里，等不到一朵花开。

他的离世，让年味变了，一如压低的云层。面对这一切，我很难过。姑父，我们敬爱如父的亲人，在年末的最后一天，安然离开他爱着的尘世。生与死的取舍亦是这么突然，由不得自己。而我们一个转身，或是艳阳高照，或是阴雨满天。

除夕夜里，静得让人发慌。我起身，点起香，对着姑父的遗体四鞠躬，这是我们村里对离世之人的最高敬意。他安详地躺着，而我们对着他，似觉他并没有离世，只是睡着了。年少的表弟表妹，低着头，只是流泪。我和所有亲人，就这样陪着他们。

生与死在这个除夕里，显得那么平和。我流泪之际没有太哀伤，一如我的姑姑，就那么静静地，不说一句地坐着。

隔壁邻居的鞭炮、烟花同时响起。静，在空中舞着。寂，洒满屋里的每个角落。

很多人都学会了躲在自己的影子里。我不知我的人生将会如何，然后想那些日子以及没来得及触摸的人和感觉。有人说，泪会让人觉得自己越来越可怜，连安静休息时都不在状态。我只想

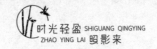

安静地坐着，像彼时的我们。与死离得那么近，近得可以触摸，在这样的感觉中，淡然便不知不觉进入心灵深处。

## 二

年初三，手机丢了。不是不想被问候。很多时候，写不了字，没有头绪，沉默许久许久。写下只言片语，不让别人忘记。摔伤耳朵的那天，世界一片安静。头疼得一片空白，感觉如此好，却如此短暂。

一直没有一双手能触到我最柔软的地方，那地方一触我就会很听话，真的，我想做个好孩子。

母亲抱着我。亲人们在合适的时候对我微笑亦对着我哭泣。我只轻声对母亲说："为什么美好那么远呢？"我们长大，远行，然后离它越来越远，却学不会转身。

留下一个希望让自己想象吗？不能走近，连梦境都让人难受。角落里，一个下巴漂亮的男人，喝酒，变老。那是我的父亲。

头发缠在梳子上，看着来得汹涌走得细腻的情感。

我一直以为有些人只是出去呼吸呼吸，这个季节给他们太多。门响了又响，一切空寂依然。

正月于我来说是安静、安然的，太多的俗事安排在年初休息的时候。我对自己说别放手。母亲说："我希望你过得好好的。"我同母亲说："如果我在，或者你在，我会让我们逐渐变得美好。"

## 三

看着一些旧书里的字，知道正月是怎么来的，初一有怎样的传说和故事，有忧伤的，明媚的，隐忍的。

我们是历史的孩子，而文字是历史的传承工具。我们在道家与儒家那里继承了许多，虽有些变化，但依然可以找到书本带来的痕迹。岁月让我们变了。"飞鸟和别姬都碎在镜子里。"他们唱着。

去看外婆时，深夜一点半，难过得哭了。她灰白的头发在风中飞舞，皱纹刻得很深。那些对我的宠爱，通过她的掌心曲线与我的手心曲线在那里纠缠，在寂静中，那些往日温情被夜撕得那样难堪。我的外婆在光阴里逐渐把钗与牙丢了，而我无法帮她找到。

外婆与母亲又在我的额前画了一朵幽兰，开得如此绚丽。那些线条慢慢晕染至我的整个额头，浸到我深深眷恋的地方。

那角度像极了我的手指，弯曲成一定的弧度。一起约定飞到哪儿。

那么高的天，蓝得惊人。风轻轻拂过我的脸颊，一缕阳光，带着童年的味道，无限靠近。

我们可以聋了或哑了，却一直在各自身边。在亲情的血液里，只需轻轻一呼，左手中便是你的右手，长长指尖划过我的手心。血液涌动的声音清晰，带着安然久远的低鸣。

### 四

抬头看，经不起阳光炙烤的泪水，蒸发殆尽。一再藏匿的剧情，禁不住谁的反复迂回，羞涩杀青。母亲宠爱我的时光，在手心里划出一道长长的痕，这么美。

不想遗忘，怕在离开之前，消失殆尽。

黎明里有朵脆弱的花，母亲说："它开不了。"

梅花却在那时开放，白色的花已经舒展。花出叶丛，有人等不到一朵花开。

我拥着那气息，带着家的味道，手心的纹路，眉头的皱纹，嘴角的微笑。这一切纠结在眼中那么久，怕一瞬间失去，我拼命抓紧每缕阳光。光阴中颤动的是母亲的唇、父亲的手。

我溺在这片海里，习惯泪水的侵袭，嘴角裂出口子。步履蹒跚走过每一个晴朗的日子，阳光中从未嗅出的味道，都有着亲情

的标记。

　　一束烟花灼烧在凌晨的夜空，烫伤了我隐在黑暗中的心。

　　升腾或坠落，都请顺着手心的纹路。

第五辑
陌上花开

披一袭花香，采一束陌上花，缓缓归矣。

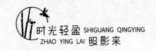

# 陌上花开，可缓缓归矣

阡陌花已开
披一袭花香
采一束陌上花
缓缓归矣

## 桃　花

春天什么都好。

我这里，最先看到的是桃花。不管是落霜，还是结冰，立春过后没几天便可以看到它。它盛开时无声无息，我极喜欢那花蕊里摇曳的小粉点，还有那若有若无的粉红色。如今不太喜欢粉红了，但桃花的色泽，喜欢如初。

经常可以看到有关桃花的画。水墨的、水粉的，还有油画。我还是喜欢水墨的，似乎，只有这样的方式才能画出它的静。静于山与水、人与天之间，不被打扰，亦不被侵犯。而后，许多人就踏入那片静谧，扶枝，闻花，万千姿态与桃花一起被摄入各种相机里。殊不知，人们怎样摆弄，都只是花下的一副皮囊而已。对此，我并不厌恶，只是觉着桃花仿佛站于更高处了。

以前，乡村里的桃花不似如今这般整片整片的观赏桃花。那时，只有在林间，或在屋角，或在路边，那么三三两两地隐在高的树和矮的草之间，偶尔探出那么点点粉红，如少女般。这时，如果下一场春雨，于清新中，透着出尘的美。

如果桃花花期还没过，风似乎很难吹落它，只有雨能够打落

154

它。被雨打下来的桃花，在还没被泥覆盖前，那景象最让人怜惜，也惊讶它被雨打落泥地还可以这般美艳。

桃花花期不长，但它很顽强，花期不到，风也难吹下它。花期一到，无风亦落。我没算过它的花期，只觉得，花落的地方会长出叶子，点点嫩芽长在花落的地方，花落得毅然，叶出得欣然，叶与花之间，似是一种传承。这时，风雨便慢慢把花儿打落，然后，人们便会踩着它，脚下软软的。偶尔会在哪个角落里，看着极鲜艳的桃花躺于那处，没有人会去捡起它，也没有人会故意踩过去。叶子越来越大，花亦落得越来越多，再下一场春雨，落地的花便慢慢地看不到踪影了。

## 梨　花

桃花开过了，就可以看到梨花了。白茫茫的一片如雪，长在风中。我小时候其实更爱的是梨花，梨花开时，天气便暖和了。因为天气暖和，所以，我更加钟情梨花了。它不艳，不俗。村里就没有多少人喜欢它，也许是因为开着的是白色的花吧，还是"梨"的谐音不太让人喜欢？人们在"接春"时，都不选它。

梨花没有桃花大，花蕊却更加长，第一眼看过去，便是先看到它露出花蕊来，带着点嫩黄，在风中摇啊摇。梨花比桃花开得更密，也许因为它个头小吧。少时，经常会偷偷地折一枝梨花，插在玻璃瓶里，在曾祖母看到之前，放于房里。不过，不到傍晚，便会被她拿去扔于院中，也不说理由，不言不语。我似做错了事，也不敢问。也许因为这样，少年逆反的心理让我更喜欢梨花了。我家的梨花，因为树高，远远就可以看到，雪白的一树，立于它的位置，不被打扰地开放。

梨花也是开在叶子长出来前。我观花，似总不去理会花期。如果说桃花是安静的，那么梨花便是空灵的。仰起头，那花与花的空隙间，落下来的阳光，经过了那白色的花瓣，似有似无的，感觉人似乎也飘逸起来。有那么一阵风吹过，一片片或一朵朵如下雪般，落在你的肩、你的发，还有你的手上。或是，风更大时，会飘入你的院落，落在你的屋顶上，落在你的窗台上，不容你拒绝，就这样落下。

那时，我极喜欢站于院落里，等着风把梨花吹下来，仰起头，有时，便也会落于脸上，凉凉的、软软的。再放于手心。等叶子都长得尖长时，梨花就完全落光了。我不喜欢刚长出叶子时的梨花，它看着就有点无奈。春风春雨，把梨花吹落打落，满地都是时，你若走在树下，树上一定会滴下几滴水来。梨花和着泥土，随雨悄然离去。不知不觉，满树的翠绿，人们也忙碌起来，我也就不去在意梨树的叶子了。

## 芥菜花

芥菜，乡亲们叫它"盖菜"，性寒。秋末的时候，有人就开始种芥菜了。叶子刚长出来时，不似其他的青菜那般嫩，它粗糙，叶齿分明，这时炒来吃，菜硬硬的，微苦。一直要等落了霜，这时再吃起来，软软的、嫩嫩的。等再落一次霜，这时的日头带点霜风，人们便把它的叶摘下，晒成菜干。同时挖出菜心，切成块或晒或腌，然后放于瓮中，过一两个月便可吃了。就这样继续重复。人们忙着过年，刚刚念叨着年，年就在祝福与热闹，亦在孩子们的新衣和笑闹中过去了，春天也随之来了。

家乡初春时还会落霜，也结冰，也下雨，阴冷阴冷的。很多的菜这时很难熬过去，只有芥菜，依然翠绿。曾祖母踩着小步子，到菜园子摘它，再用她灵巧的手把芥菜做成各种美味：切薄片和笋片一起炒着吃，切得厚厚的，煮成"盖菜咸"，有时会放点风鸭水或肉，使得我们不觉得它单调，每天吃它都不觉得乏味。如今想起那味儿，还是会偷偷吞起口水来。

山村里的春天是多彩又忙碌的，刚过完年，人们就要开始准备播种，日头也时有时无，不知不觉，天气暖了，带点潮湿，带点霉味。人们早就种下其时的菜，这时芥菜也被冷落了，或许因为从冬吃到春，人们吃腻了。亦不去浇灌它，任它自生自灭。等待时机，再去种其他的。

这时天气乍暖还寒，芥菜节节高。没过半个月，开着成片成片的花，像油菜花，但又不似油菜花，旁枝较多，花散着，黄得纯粹，开得肆意。在眼前，它带着尘世的味道，摇曳于田间，娇艳于春雨里。即使被打扰被丢弃，依然骄傲着，绽放它的美丽。远望近看，它并不因距离而改变模样，让人不得不停下脚步，用最真诚的眸子去触摸。

如果说桃花是安静的，梨花是空灵的，那芥菜花则是最世俗的。我在这时就会钻进黄花深处，摇落几朵花，追赶着蝴蝶，看蜜蜂如何嗡嗡采蜜。这时的阳光暖暖的，带着点菜与花的香，还有点潮。听着奶奶的叫声：别踩坏了，留几朵收种子！随着这叫声，几朵花也已在我的手里，再看看，菜园内还有好多呢！淡黄的小花捧在手心，直到找个地方坐下来，才发现，手里全是汗，花也跟着蔫了。我也不懊恼，还可再去摘，还可再捧着它。

它开得热闹又不俗气。把季节装点得更加繁华，又让你不经意间在意着。黄色是惹眼的，却不浮华，带着点娇气，令人欢喜，嗅着尘世中最为真实的清香，心可以更加踏实。

# 原来姹紫嫣红开遍

## 一

少时，当百花开万树绿时，我与好友们走在春天的田野里。我们一如顽童，像是在上帝隐蔽的后花园里撒娇任性，我们穿着裙纱走奇怪的路线，用暧昧的语言说着没有第三个人能体会

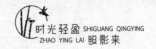
的温暖。我们怎么就如此贪婪这短暂的快乐呢？你们看过气球降落吗？当你看惯了它飞起，便会记住它的速度在加快，它很轻，一直没有声音，但我总不会忘记它的模样和它的速度，一如这快乐。

今天，我回到那片田野里，在离我不远的地方，开着一朵粉色的玫瑰，仿佛看到好友坐在那里，眼神倦怠。我想伸出双手，摆成拥抱的姿势，所有的急切和忧虑就聚集在十个指尖上，离她那么近，那么近，就在她的脸旁。

曾经我们手拉着手，唱着歌儿，在野花的清香中欢乐地玩耍，我们是笑容灿烂的孩子。天是那么蓝，我们跳着想触摸那些变化的云朵，我们跟着它们的影子奔跑，把自己隐在它们的荫翳下，阳光就落在我们可爱的小鞋子旁边。

我感受着花与我毛孔中散发的气息，它们迅速地凝聚成一股力量，顺着我手心的纹路直达我的心脏，这些强盛的气息便包裹住了我所有的哀伤和冲动。时光带着我走进了往事中。

记得，许多许多年前，我和好友躺在一张床上。我们关上门，闭上窗，熄了灯，给彼此依靠。光从门的缝隙中透过来，我们看着烟雾氤氲在我们的头顶，它们忽上忽下左突右冲，最终充满了整个小屋。

是的，我们一直这样倔强。时光把我们带得很远，一切都在改变，包括我们的容颜。

## 二

看到了一朵蓝玫瑰，看着它，我笑了。那些熟悉的喜悦便跑了出来，我顺从地闭上眼睛，享受着它们的侵袭和洗礼。我偷偷地睁开眼，它这样安静地依偎在我的身旁，我依然面带着微笑，再不敢做出任何动作，生怕我的触摸，会让它像躲避可怕的梦魇一样，决然地萎靡。一如在黑暗中打开门窗，让强烈的光线刺破这片黑暗。我从来不惜以这样的方式捍卫这场洗礼，不想决裂与重生。

我终是拗不过，我以最快的速度和眼前的时光道别，让它碎在了那不可抗拒的坚持里，让自己重回到那光怪陆离汹涌澎湃的时光逆流中。

我不能缩在这片局促的阴影里，小心翼翼地躲避它的搜索，内心流的血染红了一片一片的草地。就像在做一个噩梦，不能酣畅淋漓，也不能恍然清醒。

倔强地躲避这可恶的光线，不让它残忍地照射在那些不能见光的花草上，照射在那些即将干涸的溪流上。它会让我的眼角那么干涩，到处都是白花花的一片，它的光线霸道得让我的眼睛失去了色彩，我想和蓝玫瑰一起躲避。

## 三

太阳花开时，孩子的笑声清脆，笑靥如花。

好似奔跑到了北极圈那么远的地方，在午夜看过一次神秘壮丽的北极光。我的心是否跟随它的光晕慢慢扩大，感受一场寂静无声或是波涛起伏的变幻？我是否也已成了带电的微粒，碰撞到黑暗幽深的磁场？

太阳花是我们隐忍需索的灵魂的舞动。还是来不及等到心生荒凉，它就出现了。我喜欢看到这样的场景，还有那深藏着的温暖。一如喧嚣，杂乱无序，心底却知道，自有喜欢它的地方。

徜徉在过往故事的主人公出没的场合，风景依旧，意愿如初。季节流转，容颜或已改变，秋风掠过，梧桐叶子凋零殆尽，却还是随风发出声响。我们见识了从青春到如今的悲伤与欢喜，在这个阳光不太充足的秋。

用左手紧扣右手，我该用哪一种姿势为左手传递那一丝温暖？我们终于不再发出任何声响，静默在这欣喜中。

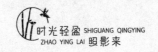
## 四

原来姹紫嫣红开遍。我看着被风吻干的衣服和花朵，它们都有着阳光的味道。我笑得像个孩子。我指甲整齐，眼神清澈，头发被风吹起，轻快地跳舞。美丽的衣衫印上秋天天空的蓝色，七里香的味道很淡。

推开文字虚掩的门，花茎下的歌低声响起。我想站在凝视过的地方，看秋寒料峭，湿衣处，一处闲愁春带雨。时光被我握在了手心，周身是尘土的味道。我允许自己以最温柔的姿态穿过岁月的小径，文字只需抵达内心，其余无须顾及。

时间一直在流逝。我发现自己的脸庞，已渐渐苍老，那些横生的皱纹就像纵横在了我心里，纠缠得那么疼。虽然如此，我顺着时光回去了，只需凝视着我的文字，在微笑中，将爱镌刻。在同样的时光里，屏息静气，只待幕布徐徐拉开。千帆过尽，途中有伤，我不做下一个谁。然后，时光流转，各自安好。

# 忘却来时路，借问行人家住处

初夏，稻秧翠绿。

顺着沟渠往下游走去，心与水，自由地流动。一时兴起，追逐水花和鱼群，竟忘了来时的路；伫立在池塘边，如同飘萍，不识南北。

我干脆坐在草地上，放松心情，静等行人问归处。

夕阳坠落。

循环的路，我早已熟记。

　　有人计算过，光从太阳照到地球上需要八分钟。也许，好事的人，会饶有兴致地再去研讨光的折返。

　　在初中考试的数学题中，有这样一问：农夫赶牛去对面山坡上吃草，路程共四公里，牛行走的速度为每小时两公里，问农夫何时返回家中？天，这样一个有缺陷的问题，让孩子们迷惑了。习惯了模拟考试的优秀学生，中规中矩地假定牛吃草是瞬间完成的，用路程除以速度算出单程时间，然后乘以二就是标准答案了。一个男孩，叛逆地只计算了牛从家走到山坡的耗时，而把牛吃草的时间留给了老师，于是，他被扣掉了关键的分数。

　　晚照的光线拉长了生命的寂寞。

　　行人从何处来？

　　纵横排列的稻田里，有了微弱的蛙声。这些小精灵，是否记得蝌蚪游过的溪水、断掉尾巴的阵痛，以及自由跳跃的河岸？

　　先贤留与世人的一个难题。

　　给你一柄斧头、一段树干，让你用它们做成篱笆，围出最大的地盘。

　　数学家精确地计算出篱笆的粗细、间距和圈地的面积，然后挥起斧头机械地劈下去；哲学家却把树干砍成了四截，围住自己，声称圈住了身外最多的地。

　　这只是一个思考。思想有了方向，才有了心灵的旅行。往返在家与山坡之间，农夫完全可以闭上眼睛，摸索到来去的路。太阳升起落下，庄稼种了又收，牛还是吃山坡的那片草。习惯禁锢住农夫的路程，他已习惯了牛慢行的习惯。

　　忘却来路又何妨？

　　行人寥寥，有新月初上。炊烟起处云浮月，竹廓朦胧是人家。

　　拍了拍身上的草屑，深吸一口湿润的空气，听着路旁的蚤鸣，往某个方向执着走下去。

　　渠水，终会在临近时哗哗地流动。

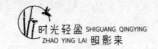

# 花开几许入心怀

### 一

那日早上醒来，接到朋友的电话，她说，桃花开了。想象着桃花在日光下肆意地摇摆时的美丽，我便会微笑起来。那是一种入心的温柔。常会想念一些朋友，特别是在春天桃花开放的时日。今晨似乎有一个声音在怂恿自己该给朋友打个电话。与朋友通话，不经意间，我们一同说到了桃花，那孤独与艳丽的精灵。我们似乎都那么怀念，怀念少时的一朵朵让人心事重重的桃花。

我坐在阳台上。看不远处一些不知名的紫色的小花开在路旁，一个女子安静地从它们身边走过，肩上的发随意地垂下，一头飘逸的发丝，着乔其纱制作的春装。漂亮与美丽是不相同的，一如这个经过的女子，与花不能相提并论。

记得有人说过，十六岁便开始变老了。从这个时候开始，我便觉得越来越没有时间沉淀，浮躁的心灵，或许只看着花动，只知花谢时的悲伤，却不知花落的意义。

### 二

常听祖母说，人老了，大都是靠回忆过日子的。我似乎渐渐地在验证祖母这句话。总想让自己回到美丽如花的年纪，然后，一点点地记。有时也会拿着照片看自己在桃树下的模样，看着看着，便分不清是自己，还是别人。似乎是前世的事了，很远很远。

张爱玲这样说过：每一只蝴蝶都是从前一朵花的精魂，是

162

花的前世回来会见今生。也许她便是一朵花，张扬的才女，但也逃不过世事变迁的伤痛。在那个时代青春肆意、充满希望的她，却在昏昏沉沉的生活圈里，看世事纷纷扰扰。在这样的世界里，她有着不同一般人的迷糊与清醒。她曾经的爱人说她"花来衫里，影落池中"。她每一个细微的情绪会被聚焦、放大，似"一花一世界，一叶一菩提"。她的世界边缘被敲打着，她却始终让自己沉淀，淡漠着，炽烈着，跌跌撞撞往前走。她的开场让人流泪，才会更显她的温情；她的结局注定悲凉，才会有绝美的回眸。

我已忘记从何时开始喜欢张爱玲的书，也已忘了自己会这么喜欢张爱玲的缘由，一如二十几年前爱三毛一样。也许是她们的身上有着共同点，还是我在她们身上找共同点？张爱玲对事物的决绝与三毛的委曲求全，似乎方式截然不同，但我看到了同一种挣扎。因为决绝，所以张爱玲孤独；因为妥协，所以三毛孤独。从二人的结局都看到一种悲凉，一种如花凋谢的悲凉。她们的离世没有太细致的告别，都是那么突然，以致让人惊讶得不知所措。

张最初的那段爱情，是痛苦又幸福的，因了世事，现实便背叛了爱情。没有太多的惋惜，因了人格，所以看到她离开那个男人时，大家都微微一笑。三毛的爱情是平和而美丽的，在尘世中，是最不沾尘的。我一直认为，因了那份爱，三毛的心灵有所依托。我也一直认为，三毛不是因爱情而死，也许是文字离生活越来越远，她才选择离世，用那种绝美的方式。张爱玲与三毛的思绪，都没能真正地在生活中得到理解。因为懂得，所以慈悲，于她们来讲，这么难。如此才有那么让人心酸的挣扎。

越来越少看《红楼梦》了，也许是和心境有关。那种深刻的东西，我似乎有意在逃避。不喜欢林妹妹，也不喜欢宝姐姐，对史大妹子却是情有独钟，我的朋友常说，你似乎不太应该喜欢史湘云的。为什么？我口气不太好的反问，让朋友一时语塞。从第

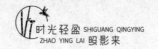

一次阅读便喜欢史大妹子，到现在，不曾改变。我喜欢她的粗枝大叶，亦喜欢她于逆境中无畏向前的力量。她的出场没有铺垫，一如一朵迎春花，没有面具地站在我们面前。我们更多看到的是她的笑，还有那份娇俏。或许，她不是人们特别要留心的女子，却是我最能记下的女子。我可以看到她内心的一种隐忍与坚持，还有一种静默的勇气。

偶尔也看席慕蓉，她是一个很飘逸的女子，似乎就为诗歌而生，安静而不争。我总在想，哪个人能如此这般淡定呢？以至于让人一直念叨她的智慧。你把忧伤画在眼角，我将流浪抹在额头，这一份轻柔，好像可以拧出水来。

林徽因，我一直觉得她很精致。或者，有人说，是因为徐志摩才让人记住了她，也许，因为梁思成，因为金岳霖。不管是因为谁，林徽因，是因为自己才有如此精彩的人生。她是建筑学家、诗人、作家、人民英雄纪念碑和中华人民共和国国徽方案的设计者之一。20世纪30年代初，她同梁思成一起用现代科学方法研究中国古代建筑，成为这个学术领域的开拓者，后来在这方面获得了巨大的学术成就，为中国古代建筑研究奠定了坚实的基础。文学上，著有散文、诗歌、小说、剧本等，代表作《你是人间的四月天》《莲灯》《九十九度中》等。其中，《你是人间的四月天》最为大众所熟知。这些成就不是别人可以赠予的，也不是哪个人能够影响的。

### 三

少时喜欢从桃树下走过，然后摇动它，桃花飘落我一肩。这时，我便拾起，放在手心里，一瓣一瓣地数，直到它们渐渐变黄。久远的记忆，我不会忘了，某年某月的某一天，我看着桃花在我手心一点一点地变黄。如今想起那种感觉，真的是一手脂粉，满心荒芜。

我们大可以放弃一段感情、一个人、一座城市，但是，无论

走到哪里，都不会放弃自己。而花，不能放弃美丽，也不能放弃
凋谢，亦不能选择。有些女子是可以与花等同的，是从心灵散出
的美丽。都说女子如花，也说花如女子，花开美丽，花落悲凉。
不管是女子还是花，她们都展示着不同的精彩。

风吹过，微凉，这时的桃花应该落下很多了，清新的香气弥
漫在空气里。

花落花开，花开花落，便在这样的一暖一寒中轮回生长，所
有的生命也如花朵一样，在四季轮回中感受一切。那些我们敬重
与怀念的女子，如花般美丽，都沉淀在了它短暂的一生中，表现
了它明媚又暗淡的宿命。

# 村子，树

村头那几棵梨树开花时，春天已被风吹过了。接下来，春雨
绵绵，下了许久。村子一直是静静的，梨树也一直这样沉寂。燕
带走冬的童话，终于又带来春的喜悦。曾在冬天被压弯的梦想似
乎陡然直立而起。

远归的我站在风中，一眼看到了老屋，孤单而寂寞。观察树
枝，便可知道风的方向，它从老屋顶又刮向更远的远方。我常这
样站着，在老屋的不远处。少时的我，如地上的树苗，细根深深
扎进黑黑的土地深处，不想长大，不想把梦想放飞。常常这样等
待，等待秋天的落叶把我覆盖而后匿藏。

一村的梨树，开了一村的花，洁白而芳香。它们悄悄地长大
开花，香了我的童年。一村的梨花，在我的冥想中翩翩飘落。想
象着将来树上的果实和枝杈间的巢穴，树枝弯曲时，那一定是一

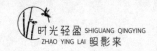

窝鸟压弯了它们，从此，它们再也不想伸腰。秋天，果子还是装满了母亲的背篓。

老屋后的树陪老屋安静了百年，有些树说不定什么时候就会做成父亲的锄把，越磨越亮。那些被砍了的树桩上，在春雨停时冒出一片绿枝。这些被砍了的树在人们眼里永远就这么高了，它似乎是在等待着、诉说着什么。

祖母在树下跌落了一颗牙，她将牙藏在了树根下。堂哥家的孙女清点着祖母脸上的皱纹，笑靥如花。再没听过祖母的山歌，她笑时，梨花落了一地。老屋后的竹林黄了一片，一根竹子刚好成了祖父手里的拐杖，春天的竹笋仍被他一根根地放在厨房的桌子上。屋前的树枯了，父亲找不出原因，祖父不言不语。祖父再没点起过水烟。

我的心曾经走失，去了很远的地方。远足的我，走了许久的路，以为把村子和老屋放在身后很远很远，以为从此再也不会回头。在我长满树的村子，树下的老屋里，终于知道原来它一直在我的心里，就在离我不远的拐弯处，不管我走多远，它始终在我的身边。

我把目光停住，停在我的村子、我的老屋。去寻找那最初的感动。一村的树，许多叫不出名；一村的房子，安安静静。一只不安分的鸟飞过老屋的烟囱。一村的房子，一村的鸟，它们不愿意长大，就这样支撑着村子。炊烟从屋顶上轻轻吐出来，慢慢地萦绕着树林。

它一直守着村子还有村子的树，从清晨到日落。

宁静的空气里，我又找回曾经被吹散的影子。我想抓住它，抓住村庄的一朵梨花，还有天空。

我走时，母亲在我的行囊里放了许多我喜欢的干果，清香，还带着太阳的味道。我的行囊很空，空得惹来祖母和母亲的眼泪。树下的小道很安静，我的身后有几双眼睛和一串脚印伴我远行。紧了紧背上的行装，空空的行囊里装着村子的梨花和眼泪。

# 已落犹成半面妆

### 邂逅一场记忆

如水的夜色，晃动着的屋檐下的灯。风吹花舞，花蕊上的露是谁遗落的眼泪？那么的晶莹剔透。树梢上飘过的笛声那般清雅悠扬。想用手接过这样柔美的声音，却只拾得一些记忆。

见过许多的云和月，最为怀念的是少女时期窥见的那一抹云彩，那般深刻地印入我的生命，成为不可磨灭的回忆。总会在走进乡野时，抬起头，寻找曾经的感动，或多或少，或深或浅。

邻家的阁楼外，萤火虫儿，来了又走。一些如烟的往事亦是如此，随着年华逝水，随着萤火虫儿，融入深深的夜色里。东边墙根的不远处，有两个轻盈的少女的身影，始终在那棵古藤下，似张望，似企盼。这些记忆牵着我的梦，触摸我的人生，嗟叹，欢欣。

南院的古藤依旧缠绕着，暗香浮动在斑驳的门扉，还有那幽深的跫音。只有那一块块青石板，承载着路人的悲喜，承接起起落落的岁月。

在岁月深处，许多身影，渐行渐远。我能拾起的，仅仅是记忆。

### 邂逅一片翠叶

在树荫下，都说秋深了。

一片叶子落在我的肩上，细细端详，叶茎微黄，似有撕裂的痕迹，这样的痕迹直刺我的眼睛，生疼。或者，它还可以更灿烂

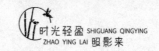

地摇曳，或者，它在冬季，不必落入尘埃。

它不应该落下的，然而，它真实地在我的手里。也许，我的肩亦是它的一个短暂停留之处，如此，这小小的叶子便停在我的生命中，让我喟叹片刻，欢喜片刻。

满园依然可见翠绿，它们在风中摇晃，在我的头顶上空舞动，大片的、微小的。而能在我身边的，唯有眼前这片翠叶，它和我共同呼吸。我轻轻地把它放在我的手心里，感染我的心灵，温柔我的掌心。它如此安静地闯入我的世界，在这个秋日里，一片翠叶与我的身影构成一幅剪影、一抹清丽。

适时起身，拂去身上的光斑。在繁杂的尘世中，可以跳跃的，只是某时某一处的清静；可以旋动的，只是某时某个瞬间的华彩。经意与不经意，都无法主宰，无法顾及。有些物什，虽然放弃，它却会照亮整个人生。

一叶知秋，秋似深似浅。一片翠叶，哪里可以承载，哪里可以概括？

我把这一片落叶，安放在阴凉的石阶上，然后，无声抬步，默默走开。它在它该在的地方，风无法把它吹得更远。


### 邂逅一簇雏菊

一簇微白的雏菊，开在空旷的山野，开在我必经的路旁。我更愿意它们出现在这样的清晨和黄昏中。

只有这个时节，可以在傍晚或清晨时分感受到它们的安宁。晨光中树叶依然凝露，黄昏里，树枝依然稠密，但它们终究无法遮盖雏菊的清丽与张扬。我喜欢这样开放后的倦怠。

尽管，我每天可以用眼睛触摸它们，然而，我不曾用手去碰触。

我不想那么随意地去抚摸它们，只想用我的心灵，用我的眼眸，去感触，去感叹。它们存在于我的内心，给我细细的牵挂、隐隐的疼痛。它们安静地在季节的当口，在山野路边，不依靠任何宠爱，不依附任何庇护。我分明可以感受到它们的坚强与顽强，让人那么不忍伤害，不能侵犯。

当我再次经过它们时，并不担心有什么被遮盖，我可以用我的眼神，那么随意地把它们捕捉。

这时的天空，渐渐地高起来，薄薄的云卷着微风，轻拂我的发。它们吹过雏菊，把我浅浅的心湖，同样吹起涟漪。秋日的阳光，照着每一处，也许，还有一些沧桑，不能被照亮。

我时常经过有雏菊的小路，在这个秋天里，它允许我安静地怀想。时光流逝，季节的每个轮回里，一如我一样，不会在有雏菊的路上停留太久。

# 永福樱花

春天初晴的日子，通往樱花的路曲折而漫长。

万亩茶园，横亘山间，旷远清新。春意渐浓时十里樱花，竞相绽放。茶色翠绿，樱花粉白，茶园披上了一层唯美的纱幔，隐现三千里轻柔的烟水，婉约而清扬。

风拂小径，山间樱花开放。这时，如果有琵琶音，再来段箫音，那是多么妥帖的安排。

我不去搅动那份完美，不去惊动那份温柔，不去执那支朱笔。

仿佛是从前世走来，独自途经沧海，路过桑田，闯入这片明媚。

又仿若是来实现古老的预言，随之翻起旧事，然后惆怅不已。这是一份独特的温柔，这里是心中的"诗和远方"。

你看，我在看风景时，也成了风景。

烟花处，花色不褪，隐现三千里烟水。层叠落花，覆盖一切。

一盏红布灯笼在风中摇曳，那是一份怎样的美好，把头上的日头也摇碎了。

时间的手缩了回去，花随那闪烁着的阳光，在我脚下铺满道路。这是一种安宁的意境，闪烁的温暖在我心中成为一种呼唤。

樱花纷飞，诗拦不住季节的眼，南风适时地拍打我的肩，顺便也带来一肩的花瓣。

# 落花香满旧琴台

## 栀 子

栀子花在立夏前便会开。栀子花是白色的，能长栀子的花是单瓣的，多瓣的为现在人观赏的。母亲与祖母并不知有多瓣的。栀子花开的时候，多雨。要说花期，应是不短的，但因南方雨水多，一般都在五六天便变黄了。立夏前的南方天气多变，一会儿太阳一会儿雨，栀子花便不能经受了。在时雨时晴时，也就干了。

村子里无人种栀子树，一般都为野生。虽是如此，它们还是开得很好，果实也结得很好。栀子树结果的过程比起李子树和梨树的时间会更长些。我在很小的时候，阴历十月前后，有霜的时候便随祖母去采摘。栀子里并不长在太深的山里，只在房前屋后或无人管的灌木丛里。也有一些勤劳的人，如看到哪个灌木丛里有栀子树，便会劈开乱草与杂木。并不去理会谁会去采摘，只是想让采摘的人更为容易与方便而已。

成熟的栀子呈铁锈红色，有五六根须瓣，果子呈菱角状，每个菱角处，有一条长长的须。有的成熟的栀子，会落于树下，我便是捡栀子的了。祖母小心翼翼，轻轻地来回采摘，生怕伤了栀子树，生怕因她的采摘伤了根须。我在这个时候，一会儿捡栀子，一会儿采野菊，一会儿摘吃野果。这时的天气是微寒的，我亦会玩得流出汗来。冬季的日头总是走得快，日子便也随之短了。祖母和我回来时，大家都等着我们吃午饭。野栀子并不是如自家种的可以长很多，与祖母采回来的栀子不过就小簸箕装一半而已。但全家人亦是很高兴。

　　吃过午饭，我便随同伴疯玩去了。曾祖母把栀子铺开来，放在太阳下晒。母亲与姑姑们依旧忙冬日里的活计，并没去看栀子。我偶尔会与同伴站在栀子旁，用手轻轻抚摸它的角。

　　孩子总是快乐而善忘的。等我几乎都忘了栀子时，会听到曾祖母与祖母说，煮点栀子汤吧。说话的同时，曾祖母便把水放到锅里，这时，并不放油。然后，拿出三四颗栀子，用菜刀在案板上轻轻拍，直到把栀子拍裂，但不能拍碎。放到锅里煮，直到栀子水变黄了，祖母把兔肉剁碎，放上地瓜粉，用手一直拌，直到兔肉变黏，这时曾祖母一定会把火烧得很旺，祖母便在水开得最欢时，放下兔肉，并不去搅动。盖上锅盖，等那么一两分钟，再把兔肉搅散开来。这时，再把准备好的蒜头也拍碎，放入锅中，再把调料一起下。马上起锅。这时的兔肉汤是微黄的，亦是清香的。全家人围坐桌前，软嫩的兔肉，清香而微苦的汤，这是全家人到现在为止依旧喜爱的汤。

　　总记得，每每有客人来，家中都会煮小肠或鸡肉汤，煮法亦是一样。栀子汤不宜放太久，太久汤会太苦，亦会让那种清香的味道散去。栀子性微寒，可祛火、养肝，但伤胃，不宜经常吃，冬天的时候会吃得少些，夏天，大人们会拿它煮汤煮得勤些。

　　如今，回家时还会喝到母亲煮的栀子汤，同样的味道，依然让我怀念不已。

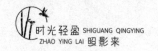

## 灯芯草

灯芯草的叶子是圆的，线一般长长的，如葱一样，但是细细的。亦是丛簇而生，长在水沟边，随处可见，一丛丛，细细密密，长及牛腿，如发丝般，丝丝缕缕，纠缠不休。我不知灯芯是叶还是茎，看它实在不像叶子，但它又光滑柔韧，颜色是青绿的。我如今亦是不知它算是茎还是叶。

灯芯草在多水而阴凉的地方长得尤为欢畅，比通常看到的更粗更长。放牛的时候，我便会牵着牛，摘下它，撕开它的表层，灯芯草的芯是白色的，柔软而有韧性。牛是不吃灯芯草的。记得小时候，祖母用灯芯草做灯芯。把撕好的灯芯，放在手心，大约小手指般粗，把它揉得更软、更结实，成条，放到煤油碗里，点起，由一点火芯，慢慢地一点点亮起，在夜里的微风中，摇晃起来。远远看去，真是一灯如豆。

灯芯草其实更喜长在水洼湿地，亦会开花，细细的、白白的。与茭白、水芹、菖草一起，这样灯芯草长得又结实又长。牛羊鱼还有鸭以及虫子都不吃它，秋冬时，它亦不会枯，生长力极强，就是被踩了，看着好像软塌塌的，没几天，又会重新活来。因此，人们也时常割它来做成草席。在太阳底下晒半日，让其更有韧性时才编起来。待编好时，再拿出来在太阳下晒，这时最好晒久些。把灯芯草表层的水分晒干，亦让它原有的味道散去些，直到有了太阳的味道，水分干得差不多时，呈黄白色，便可拿来睡了，又凉爽，又耐用。

小时候，喜欢在傍晚的时候，坐于灯芯草边。因为，灯芯草长得最旺最长的地方，亦是最阴凉的地方。我就这样坐着，一根根地拔下它。有那么十几根，抓在手心里。这时候，太阳刚好落下，青蛙便会出来，它们亦喜欢伏在灯芯草上，呱呱地叫，边叫边跳。我用脚去踢灯芯草，它就跳得越欢，但跳得不太远。掌灯时分，母亲喊我吃晚饭的声音传来，我一跳一跳地往家走，把手里的那把灯芯草拿给父亲，父亲便为我做如我小手掌般大的小篓子。一两分钟的时间便好。父亲还会在小篓上面做个小结绳，拿在手上，像个小灯笼，绿绿的，我会在那里面放些小野花，美极了。

清早的灯芯草是挂不住露水的，滑溜溜的。偶尔有小蜘蛛在上面结个小网，沾些露水，算是替灯芯草挂些晶莹来。乡村孩子的夜是欢快的。夏夜里，不管是否有月亮，萤火虫三五成群地飞来飞去，有时不飞，落于灯芯草里，星星点点。远看，让你喜爱得不得了。

如今的乡村，湿洼地越来越少，路也都是水泥路了。如今回家，已不太常看到灯芯草了，想必萤火虫也越来越少了吧。

## 木芙蓉

最初不知这花叫木芙蓉，倒是这几年才知道。小时候是不喜欢种花的，自打那次种太阳花失败后，再不去种了。不知是心性本来就懒，还是不够坚持，后来的日子，种花于我来说是很难的事。以前不喜种花，却是喜欢看花、赏花的。

当初在老屋的不远处，突然长出了一株不知叫啥的花。开得极为鲜艳，叶子为星状，花有些像牡丹。我那时没见过牡丹，都是在书上的图片上观其貌，只觉得，这花像极了杜丹，以至于后来的日子里，我都把它当牡丹来赏。

每次去上学时，都会经过它。它有好几种颜色，白色、淡紫色及粉色。花苞旺极了，花期亦是很长。上午与下午花的颜色是不一样的，上午花的颜色便会更深些，每朵花枯得很快，但结苞却是很多，所以，整株看起来，一直是开得艳丽的。

也会去采它，但它的株上，爬着许多的蚂蚁，还有一些细小的虫子，因此，我就是采了，亦是不能留在手上太长时间。它没有香味，只是艳着。有时，远远地看它，在田野边。坐于田埂上，时而阳光强烈，时而浓云飘过，亦会落下硕大的雨点。大风吹过，花便会落下一些，光线于此时突然变幻，自己亦不知晓时

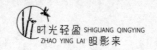

光流转间，亦是一种成长。那花发出的声响，还有摇着的花蕊，景象让我入迷。如今想来，那样久坐，亦是不觉厌倦，还有那熟悉的香味，飘在太阳下，飘向山峦间的村子里，一朵朵、一束束，静谧而强壮。

记忆中，那些微小的东西，会在如今的时日时常记起。记忆中的木芙蓉，粉粉白白，一簇簇的，开得像是可以令人断了魂。

灵魂于此间，看花期在眉间，一路晴天。


### 蔷薇花

蔷薇花。她安静地在青墙的一角，待时光的痕，划满全身。闭上眼，用我的手感知她的柔，摩挲她的静，她的温柔曲线很快蔓上了我的眼眸，那么执着与安然，令人生羡。

不想说她的攀附，因为她的韧与美。一如玫瑰的种子无意地落入山野，一样的蓝天白云，却最终开出易逝的花。很多时候，人生不也是如此吗？

理不清这满墙绚烂的缘由，也不愿探究，只怕扯开枝枝蔓蔓的覆盖，遭遇她不愿提及的创伤。

有时，会在漫步时，寻找另一个自己。琐碎，落寞，悠闲。一些令人不解的举动。一些事情发生和结束都在瞬间。背离，脱节。与人相识着，分离着。

也许彼时的某一刻相见，却是头也不回地走掉。陌生人里，时间和空间没有给我们留下一丁点儿的印记。我深深知道，印象最深的其实是心底那份最初的青涩记忆。或把它们都冲淡成记忆，连同无数的劝阻，一起装进背囊。带回家乡，送给白发苍苍的母亲和我那喜欢沉默的父亲。然后看着他们的笑容。我欣喜地停在他们的叹息声中。

如流水的年月逝去，仍记得那发丝上散发的清香。事隔多年，人已老去。

走在蔷薇花丛里，她的一树红花迎风而舞，一枝独秀穿过围

栏。我的觊觎和贪念该如何收起，才能静对时光流转，笑说自此
成全？

# 待归端有几枝存

### 花的邂逅

我的眼前，一朵花在摇曳，尽情地绽放；角落里，一朵朵花
已凋零融入泥土，它正宁静生长，似沉默，似守候。

风穿过掌心，沉默地划过指尖，一道道前世的痕，抵达视
线，颤动心扉。沾满尘土的脚，不曾停歇，这样的气息，怎能收
藏在梦中？宛若高山流水，经典又抒情地回响，默默地感动。这
时候，怎能将它们还给天空？

我嗅到了因花而至的风，带着五月的花香，惊诧那一江春
水，在花影下泛起无声微语。夏的光芒，直抵眼底，打破彼时的
缄默和宁静。来时不为风景，去时不为心情。记下一朵花曾对未
来充满的疑问。光阴逝去无痕，读花的人，不知心往何处。谁还
会记起，谁还会在意？

五月的花，用它的时间，完成一生的旅程，在收缩的花心
里，安然小憩。可能错过许多，或雨或晴，这一切都过去时，果
实便会淡忘了它的过去。风起微澜里，我窥见了它曾经的妩媚，
在阳光明媚的清晨。一切安静，只见它在旧式的窗棂下，静成影
子，展现了它明媚又暗淡的宿命。

### 花的颜色

不经意间，蔷薇花开了。蝴蝶也告别了成蛹的日子，张开翅

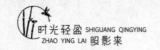

膀，飞翔。忘归，恰似惜花人。

花朵的颜色，以铺天盖地的姿势，在我心上行走。它展示了所有的颜色，明媚的、灰暗的、绚丽的、五彩的。天空之下，苍茫之中，所有的斑斓，在面对花的五彩颜色时，情不自禁地成为陪衬。它们用五彩的颜色，支撑着蓝天，一切似乎排山倒海，又寂静无声。

风吹过后，一手花瓣，满心荒芜。所有的色彩，因为花的开放，才有了荒芜，才有了美丽，灿烂了人寰，凋谢的，飞落的。天涯尽，不知寻处，但见它仍在。它被一再地收藏，几多美丽，几多放肆，几多羞涩。

不必费心，在红尘角落，唯见鲜艳夺目，哪怕荒凉，哪怕萧瑟。不问花落何处，种子将它悄然收藏，只要生命不枯，总会演绎花落花开，或绚丽或多姿，都可望见。而彼时无花的日子，蝶将往何处？

## 花下长椅

公园里一棵紫薇花树下的一张长椅上，一个老人睡着了。

这是五月初的上午，天气很暖，公园的树都绿了，迎春花还未谢，杜鹃花和山茶花也绽放了一月，红的、紫的、粉的、白的，一个老人就睡在它们之中。

这时，年轻的妈妈带着小男孩唱着歌走过来，经过他的时候，歌声停了，脚步轻轻。他们走过很远时，小男孩转头，朝老人的背做了一个明媚的鬼脸。

很久很久，老人翻了一个身，鼾声微响。这时，一对情侣从公园的林子里走出，女孩子首先看到长椅上的老人，她转身，把食指压在唇上，对着后面的男孩做了个"禁止出声"的动作。男孩的笑声戛然而止。

那一刻，公园那么宁静，静得能听到花瓣飘落的声音。他们从老人身边走过，脚步很轻很轻。上午的阳光透过树叶，照在熟睡的老人身上，也透过我的书页，照在我静坐的影子上。一只蝶儿停在长椅旁的山茶花上，又停在我的头发上。它什么都看见了，却什么都没有说。

### 花知冷暖

七里香说过："我爱。"

后来，一夜间，繁花开放，我携花籽正好途经那条雨巷。我们穿过雨巷，绕过微风，绕过阳光，绕过时辰，绕过千折百回的心情。只是，我们绕不过红尘，绕不出原点。在微凉的潮湿里，在你的心中，对着时空合掌沉默，低头祷告。

馥郁的词汇，仿佛随风吹进我的心灵。从此，便与你等待一阵合适的微风，等待一个合适的时辰，等待一束温暖的阳光，才可以开放，才可以飘零。

我撑起遮阳伞，你在触摸我的指尖。雨巷越来越静，越来越暗。我们目睹雁声如潮，风逝无痕，水去无迹。而你，依然独栖我的掌心，无论是风是雨，它们始终无法淹没你的美丽、你的清秀。你在等一阵微风，一个时辰，一束阳光。

多年后，我独立在这有风有雨有阳光的五月，记忆长不过雨巷，她在我的胸前生成七里香。

最久远的记忆。我不会忘了，某年某月的某一天，我听见七里香说："我爱。"

第六辑
天籁残梦

都道岁月无常，时光难守，却不知缘起缘
灭尽是人生。

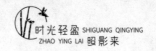

# 一树樱花

一树樱花。

正是绽放的季节。

缀满枝头的白色花簇，堆云叠雪。舒展的树冠，如张开的亭亭伞盖，围住春天的惬意。

树下，两条长凳支起一张竹床板，上面堆放着散乱而有些板结的棉花。

"砰嗒嗒，砰嗒嗒……"，弹棉花的节奏声，穿透慵懒的春阳。

男人腰系皮带，把肌肉绷得很紧。一根弯竹竿别在后腰带上，端头从肩伸到前方，上面颤悠悠地悬挂着一张大弓。

大弓上的柳木纹清晰可见，只是颜色有些陈旧，想来是手艺人的传家之宝吧。牛筋弓弦，有极强的弹性。男人左手扶住沉甸甸的弓，右手执一木弹槌，敲击裹着棉花的弦。手动，腰扭，步侧移，扭秧歌似的舞姿，跟着节奏点头，引得围观的小孩们发笑。

弹床的旁边，用竹席打了一地铺。小女人坐在上面，撕扯着待弹的旧棉絮。撕成一小块一小块的棉团，节省了男人弹棉花的时间。有些小女孩觉得有趣，也蹲在边上撕着玩，女人向她们笑笑，和善地拾起她们弄到地上的棉团。女人偶尔拨弄短发，摸下来一些白絮。不知是男人扬起的棉花，还是弹奏声震落的樱花瓣，把女人装扮成了从冬天走来的雪姑娘。

女人一边工作，一边与顾主老太太搭话。"唉，现在的生意不好做了，每天都弹不了几床棉被，日子过得紧呢，还好有你们给点照顾。"

老太太说道："是啊。现在年轻人生活好了，都用鸭绒被、保暖纤维被，谁还稀罕这个？不过我们老人还是喜欢用棉花被。"

"是的，棉花被有重量感，不像那些新鲜玩意儿，轻飘飘的，压不住身。老人家您看，弹松的棉花白生生的，和新的差不多。"女人指着弹床上的松软棉堆说道。

"呵呵，好，好的。"老太太接着问，"那你们以后去哪里做生意呢？"

男人停了下来，取下口罩喘一口气。

空气中有些灰尘，更多的是纷纷扬扬的棉花絮，像一群欢快旅行的蒲公英在寻找季节里的新地标。

"老人家您在南方，天气暖得早，春天换棉被就得重新弹了。"他插嘴道，"而北方人习惯在夏秋季弹，有阳光晒着，新弹的棉花味道好，还可以消毒呢！我们以后就往北去，边走边弹。"

呵呵，生活在旅途中的人。

几个小时，棉花全部弹好了。远远看去，弹床好似铺满了樱花。

男人放下弓，抽出竹竿平握在手上，如同钓鱼一样，从站在床对面的女人手里勾过网线纩棉被。一勾一理顺，经线和纬线互相交织，棉被的形状出来了。

两人小心翼翼地把它搬到清理干净的地铺上，拿出圆盘状的木盾，在它上面碾压。压平压齐的新棉被，紧致中带着蓬松，顿时有了暖洋洋的感觉。

女人拿起一块旧毛巾，心疼地给男人擦去脸上的汗珠。

她让男人蹲下，轻轻地去掉他睫毛上的棉花。递上茶盅，看着男人大口大口地喝，她平静地笑着。

趁着男人休息，小孩们好奇地去搬动那张大弓，可是太沉了，怎么也抬不动。

他们忽地转身跑到樱花树下，顽皮地摇起树来。

那一树樱花，飘飘洒洒地落了一些下来。孩子们嬉笑着：

"砰嗒嗒，弹棉花咯！"

"哗啦啦，下樱花雨咯！"

# 冷　遇

天很冷，确实很冷。

他掀开冻僵的棉帘，进了小吃店，侧身让过稀稀拉拉的食客，找了个靠墙的位置坐下。

搓着发红的双手，看见小二端着两碗热腾腾的汤面走来，背心爬上一股暖意。"伙计，劳驾给一小碟辣酱。"

"哎！"小二没好气地应道。斜眼扫过这位衣冠楚楚的中年男子，嘀嘀咕咕地去了。他盯着那只碗：粗细均匀的拉面，下面露出青绿的菜蔬；汤宽色亮，大大小小圆形的浮油被葱花错开。他笑了，满意地笑了。

好些年了，一直改不了早餐吃面的习惯。也是这样寒冷的天吧，他的资助人良叔约他在面馆见面，把最后一学期的费用全部给了他。良叔有些疲惫，生意垮了，打算回乡下老家住上一阵子。他拉着良叔的手哽咽着，泪水滴进面汤里，油花散了又聚。

辣酱端上桌来。他挑起一筷子面，轻轻蘸了下，裹着一些红椒碎片送到嘴里，慢慢咀嚼着，然后喝一口热汤。这是良叔很早教他的，辛辣在胃里冒出火焰，驱走体内的寒气，人穷时就是这样过冬的。他想良叔，鼻尖上有些汗，眼镜片一片模糊。

忽然，感觉到身后有道目光刺痛了他。猛地一回头，那双眼睛讪讪地移到别处，装出满不在乎的样子，是个乞丐，年轻的乞丐。

他心里一抽，似乎看见了十几年前的自己。他站起身来，指着没动过的另一碗面对乞丐说："喂，拿去吃吧。"

"No，No！"乞丐冒出英语，斜着眼打量面前的"富人"，不屑地瞄了下面碗，"现在早餐流行吃甜点。""哈哈！哈哈哈……"店里响起食客们的哄笑声。他感觉背脊发凉，一些古怪的脸色正冲着他来，好像他才是乞丐。他有些喘不过气来，松了松颈上勒紧的领带。

"小二，拿盘糖包来。"慌乱中他又犯下了一个错误。他本该一走了之，把那一点点恻隐之心泡进面汤里。可他的多此一举，给自己找了屈辱。乞丐咽下口水，镇定地推开他递过的糖包，说："你先咬一口。"

"为什么？"他很诧异，有点懊恼，"你不就是叫花子吗？"

"我是，我是臭要饭的。可我是弱势，弱势！你懂吗？是受保护的！"乞丐的脸扭曲了，鼓出的眼睛发灰，"你去打听打听，现在有几个人不要自尊？"食客躁动了，兴许很久没有看到新奇的热闹。有人鼓起掌来，吹个口哨大声叫："好！"

"这，这和自尊有什么关系？"他的声音失去了力度。

"有，当然有！我讨厌施舍，给点吃的就想别人叫声爷。"乞丐腰板挺了挺，不饶人地说，"你咬一口，撂下走人；我吃的是无主之食，那叫捡，有我的劳动在里边。"这是什么逻辑啊？他蒙了。他原想伸出援助的手，现在轮到他需要援助了。

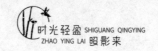

他向周围看去，带着询问的日光，世道变了？

店里突然很静，静得能听见窗外的风声，雪花在敲打玻璃窗户。"伪善！"谁在角落里飘出两个字，像两颗子弹击中了他，他受伤了，血流出来，有点甜。

"伪善，呵呵，伪善？"他的嘴唇在上下颤抖，从兜里掏出五十块钱塞给服务员，猛地大吼一声，像匹受伤的狼，冲出牢笼般的小店，消失在茫茫雪地里。

天很冷，刺心地冷。

# 印象的约会

## 一

他就要去赴一个约会了。

收拾好素描草稿，再看看屏幕上的广告设计方案，小心地储存了文件，带着笔记本电脑出门去了。

大步疾走，风衣的下摆扬起，被风吹起的几片枯黄的叶子，执着地跟在身后。他知道，这是秋的印象。

酒吧里的她，很远就认出他来。

比寻常人高出半个头，乌黑的头发微卷，高挺的鼻梁和那双略带忧郁、谦卑的眼睛，曾经让她产生了极大的好奇。

她喜欢这样的男人，喜欢这种吸引人去揣摩、关怀和深入探究的感觉。

那次，她与开发部长一道去了他的工作室，坐在一旁，听他讲自己公司广告制作的构思，又听他断续地提起法国印象派画家莫奈和他的作品。他有一种独特的魅力，连同侃侃而谈的神色，感染着她。

她顷刻被他的神采飞扬吸引住了。

她悄悄凝视着那放光的眼睛，它们仿佛是上帝赐予莫奈的那双独特的眼睛。她暗问自己，这突然的喜欢与心动，难道会是一见钟情吗？

她约了他。

她披肩的长发柔顺黑亮，清澈的眼睛在细长的弯眉下，显得很有亲和力。

她站起身来，向门口不断地挥着手，担心自己娇小的身形会让他看不见。她从来没有真正看上过一个男生，可为了这次莫名的悸动，她却放下了矜持，主动约了他。

他的唇线清晰地画出笑意，他走过来了。

相对而坐，服务员递上两杯咖啡。手不住地摸着杯底，他有些拘谨，不知道从何开始说起。透过杯口的热气，可以看到美丽脸庞上写着顽皮和傲气，他喃喃自语："美与善良会在这个女孩身上共存吗？"

很快，他们打破了短暂的沉默，细声交谈起来。

喜欢他自信的神态，她请他打开手提电脑，调出那张图片——莫奈的油画《日出·印象》。他随即便放下了咖啡杯，看着挨身坐过来的她，吃惊地问："你也喜欢莫奈？"

她点点头："喜欢，一直都喜欢经典的艺术作品，我想莫奈在他那个时代应该算是个性的人吧？"

他笑了。那种笑声，只有窥视了艺术家秘密的人才会有。她懂得的，因为她的祖父曾经也是画家，她童年时就在这样的笑声中被熏陶过。

亲密的距离，长发的淡香抹去了他的脑膜。

莫奈的一切，早就融在他的血液中了。他语调柔和，给她讲

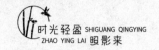

起了莫奈的旅程：挪威的雪地、荷兰的风车、法国的象鼻山和卢昂大教堂（也写作鲁昂大教堂）。

他舍去了作品的线条和色彩，尽量去讲莫奈不凡的人生，把艺术的真谛和浪漫糅进空气里，拨开她密长的睫毛，让美丽的眼睛更清澈一些。他激动地指着屏幕上的照片，晚年莫奈一只眼睛失明了，上帝收回了对艺术大师的特别眷顾，让莫奈的视力陡然下降。可是没有从一而终的信念，没有刻骨铭心的追求，那些充满激情的思想又怎会不断从莫奈的笔下潺潺流淌出来？恬静的田野、律动的海潮，无一不是自然永恒的诉说。

她被感染了。

轻轻的呼唤声让她回过神来，她讪讪地笑了，掩饰刚才的窘样。她从手袋里拿出一个画框，那是祖父为她而作的童年肖像。

她想听听他对这幅画的评价，光影、线条，尤其是色彩。她希望得到专业的肯定评价，因为祖父在她心里，就如同莫奈于他的印象。

他看了好一阵，沉默了，红着脸，没有说出一个字。

"是不是油画放置太久，画面模糊了，或者色彩褪去了？"她急切地看着他。

他摇摇头，没有吱声。

"你不愿意说，还是有别的什么原因？"

"我，我……"他不知道怎么说才好。

"那是祖父画得不好，水平差了，你才不想说，是吗？"她稍有些愠怒。他还在踌躇，唇角僵直，不敢看她。

她生气地把画框收回袋子里，含怨地看着他，突然无语。

她不容许任何人低看她的祖父。她骄傲和率直的天性，把懊恼注入升高的语调中，吸引了邻座的目光。"难道你就只知道一些莫奈的故事，而看不出其他作品的艺术特征吗？"

他眼角猛地抽了一下，嘴角微颤，尴尬地向周边人致歉。

他最痛的伤疤被揭开，自尊心受挫。定了定神，失去血色的嘴唇向她吐出几个字来："是的，我看不出来，因为我是色弱。"

"色弱？呵，你可以掩饰你的不屑，可是不能侮辱我的智商！色弱，你能画出那么多优秀的作品，这是假的吗？"她真的生气了，较劲起来，全然不顾旁人惊讶的表情。

"对不起，我让您失望了。"苍白的脸上，有着悲伤的神色。他慌张地看看表，关了电脑，站起身来，说："谢谢您，谢谢您给了我美好的记忆。我得去工作了，再见吧！"话音未落，已经离开了座位。

风衣飘动，卷走了猜疑的目光，卷走了稚嫩的触感，卷走了难堪的约会。

她发呆地蜷在那把椅子里。

一动不动……

## 二

几天后，执拗的她不愿如此地放弃。

她要真相，要自己去寻找。终于，辗转地知道了他的秘密。

他几近色盲。良好的家庭环境，促成了他对艺术的异常热爱；天生色弱，让他遗憾地止步于素描层次。

或许是天赋的召唤，或许是莫奈的激励，他从未有过放弃的念头，即使他丧失了就读美术专业的资格，他只是想追求自我的艺术。偶然的机会，他接触到了一位用电脑绘画的老师，当得知色彩与数字的转换关系，他兴奋得失眠了。

一边听人描述颜色的质感，一边对照屏幕上的一组组数据，模拟与数字反复交替，痛苦的过程让他总结出规律。色彩的差异，对他而言，就是数字的微小变化。

上帝是公平的，他拥有超常的记忆力。他的眼睛滑过那些数字组合，就可以使画面色彩斑斓，渐变自然。他终于能娴熟地运用色彩，成了电脑图案制作大师。

她为解开这个谜团万分高兴。

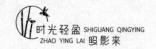

忘了初次约会时的不快，她要重新得到他，得到他的全部，特别是那一双略带忧郁和自谦的眼睛。她马上发了短信，向他致歉，为自己当时的蛮横、急躁羞愧。当收到礼貌又显得有些疏远的回复时，她仍然乐呵呵的，毫不气馁。

她自信，爱可以改变一切，包括那个约会的印象。于是，隔三岔五地找理由，打个电话，她要他知道这个不弃不舍的女孩。

他的工作室，每天早晨有人送来鲜花。红玫瑰，黄菊花，纯白的百合，深蓝的郁金香。

他知道，这是她送的。他无奈地笑笑，又满怀希望地等待着。当他从微妙的花香气味里，闭着眼睛分辨出花的品种来时，他产生了想见她的冲动。

他约了她。

同一家酒吧，同一个座位。服务员放下同样的咖啡，知趣退下。他仔细端详着对面的她，有些怪异。花枝招展的穿戴，引得他好想笑。

她也想笑，她有了机会坐到他的身边。突然，他低声叫道："我看见了！看见了你的穿着，红色皮裙，白色围巾，湛蓝的发带。"她听见了，眼中顿时噙满了眼泪。

她成功了。她身上各处喷着不同的香水，都是一直以来送给他的鲜花的气味。她用嗅觉建立了约会的印象。

他又一次沉默了。

她仿佛依靠着一棵大树，阳光总是温暖地拥抱着她。

是的，很温暖。

# 阿　山

## 一

早上起来，打开窗户，初冬的阳光十分温暖。花园里有孩子在奔跑，不时传来几声清脆的笑声。两个八九岁的男孩正在大声争论着究竟是长江长还是黄河长。

九点多了，打开电视，沏一杯绿茶，躺在靠窗的摇椅上晒着太阳，欣赏姚明和易建联在 NBA（美国职业篮球联赛）的首场"中国德比"之战。我想，无论是身体还是精神，这两个男人都达到了应有的高度，是值得我等热爱篮球的"小男人"仰视几眼的。

看完比赛，正准备出门，手机响了，是阿山打来的。阿山说马上从广州飞北京，谈完生意后，晚上可以抽时间跟我喝两杯。

## 二

阿山是我乡下的邻居，现在已经是广州三家车行的老板了。但说起阿山的身世，总会使我感触良多。

20 世纪 70 年代的闽西农村，刚解决了温饱问题，生活还相当贫困。阿山出生的那天晚上，村里的祠堂莫名其妙着火了。祠堂被烧毁，这可是不得了的事，这在村民眼中代表着村里随时会有灾难降临。第二天，村主任的老婆说，当晚她梦见一大一小两只白鼠跑到祠堂里，把祈求生子的阿贵嫂点了两天的长明灯抬到祠堂旁边的草屋里打翻了，大火烧毁了草屋，蔓延到了祠堂。由于阿山的爸爸是个小偷，而且与阿贵是死对头，小时候曾因偷阿

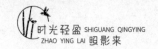

贵家的母鸡，他俩干了一大架，于是，阿山父子就"名正言顺"地成了村主任老婆梦里的两只白鼠。刚出生的阿山也就成了村里的灾星，大家都躲着他，全村老少都叫他"山鼠仔"。

阿山的爸爸是村里村外都知道的小偷，他白天睡觉，晚上出动，专偷电缆电线，成了远近闻名的一大"害"，后来被判了死刑。那时阿山也快初中毕业了，他整日整夜坐在家门口埋头发愣，弱小的身躯长久不动，好像失去了生命的迹象。

尽管阿山的童年充满了歧视和压抑，但他始终没有丧失善良的本性，我也从来没有怀疑过阿山的正直和诚实。阿山从小就有强烈的自尊心和羞耻感，他曾多次对我说："难怪他们看不起我，谁叫我有这样的爸爸呢？但我真的从来没有偷过东西啊，他们为什么总怀疑我呢？他们这样看我，我更不能做坏事，你说对吗？"

由于家里贫穷，阿山读完初中就没有再读书了，他要出去打工，他要赚钱供两个妹妹读书。但十六岁的孩子能干点什么呢？阿山有个有钱的伯父，据说是个高级军官转业回来的，在广州当了大官，但由于阿山爸爸的事，两家人已经没什么来往了。阿山的妈妈告诉了阿山伯父在广州的地址，要阿山去找伯父，看能不能帮忙找个工作。当阿山来到伯父家时，没有一个人对他表示欢迎，甚至没有一句温暖安慰的话。当晚，阿山在客厅睡了。第二天，伯母对阿山说："你这样的文化水平我们给你安排不了工作。"阿山说："你们帮不了我，我自己去找工作好了。"伯母没好气地说："那你也不能住在我家里了，你以为这里是旅馆啊？"说着就把阿山的提包拿到了门口。

阿山回到了家，他叫妈妈把家里的钱都给了他，然后跪在妈妈面前发誓："村里人都看不起我，我不活出个人样来，我不会再回来！"

阿山再次回到了广州，他做了一名洗车工，不久又开始学修车。在之后的十年时间里，阿山没有回过一次家。除了给家里寄钱和必要的生活开支外，他把剩下的钱全部用来买书买资料，他几乎把所有的业余时间用来学习。十年后，他成了老板最得力的助手。

阿山回家了，是开着车回家的。他给妈妈和妹妹买了很多礼物，还给邻居的孩子买了很多好吃的东西。阿山亲切地叫着村里的每一个人，但乡亲们并没有对阿山的热情给予应有的回应。他们充满怀疑，甚至说阿山是在广州混黑社会发财的，有的家长还不许孩子接受阿山的礼物。阿山有点失落了。他问妈妈，为什么十年过去了，村前的路还是泥土路？烂得连车都差点开不进来。他还问村里的祠堂怎么样了。妈妈告诉他，村里还是穷，能出去的都出去了，赚了钱的人也不再回来，也不筹钱修路修祠堂，所以路还是烂路，祠堂还是破旧的祠堂。阿山说："等我有了足够的钱，我要为村里修路修祠堂。"

天道酬勤，阿山的打拼换来了丰厚的回报。又一个十年过去了，阿山在广州有了车有了房有了自己的生意。两年前，阿山回到家乡，把村里的泥土路修成了水泥路，把村里的祠堂修建得十分气派。阿山还热情帮助村里的年轻人在城里就业，谁家有什么困难，急着用钱，阿山都会慷慨相助。这时，阿山在广州白手起家的事早已传开了，他成了乡亲们号召自己孩子学习的榜样。阿山用自己的行动和真诚改变了乡亲们的偏见，赢得了乡亲们的尊重，也带动了村民发家致富奔小康的势头，改变了村里多年来安于现状不思进取的懒散风气。阿山不再是村里的灾星，而是福星。

阿山还是以前的阿山，对人总是那么谦虚和蔼，没有半点老板的派头。对待乡亲，就算是打骂过他、污蔑过他的人，他都和气尊重，乐于相助，以致很多父老乡亲说起阿山以前的艰难和今天的幸福，都不禁感慨落泪。去年，阿山的伯母病重住院了，她唯一的女儿远在美国。阿山接到伯父的电话后，马上赶到了医院。在伯母住院的半年时间里，阿山几乎每天都抽时间去看望

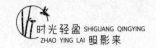
她，为她的病情和手术忙前忙后，直到她康复出院。伯父伯母每次见到阿山都两眼通红，总是念叨没照顾好阿山一家，对不起阿山。伯父伯母几天没看见阿山就着急担心，总是叫阿山多上家里来，张罗给阿山做最爱吃的客家菜。

## 三

我和阿山已经喝完了一瓶红酒。我问阿山："以前村里人那么厌恶你、歧视你，你难道没有恨过他们吗？你的伯父伯母当时对你那么无情无义，你难道真的没有放在心上吗？"阿山笑了笑："你以为呢？但我很庆幸能从仇恨和绝望里走出来，否则，我就真的变成'山鼠'了。现在想起来，我应该感谢乡亲们，是他们逼我拼搏成功的；我也应该感谢我的伯父伯母，如果那天他们没有把我的提包拿到门口，而是帮我找了一个工作，结果会比现在更好吗？"

酒吧的灯光似乎昏暗了下来，我们打开了第二瓶酒。说到阿山的妈妈，气氛变得伤感压抑。阿山的妈妈因胃癌刚去世不久，阿山的面容突然痛苦地扭曲起来，他失去了控制，泪水划过脸颊，滴进了酒杯。我把纸巾递给他，他居然笑着摇了摇头，说："不用擦了，也该让眼泪痛快地流一次吧。"

我第一次看见了阿山流泪。我不知道他的泪水是苦涩的还是甘甜的，但我可以肯定，如果把男人的泪水放进海洋，就会成为海洋的一部分，虽然苦涩，却博大浩渺。

# 死于相思

雨是一个内向安静的人，她总是在自己的世界里神游，她的世界很暗，暗得见不到一丝光亮。外面的风景很美，但她总认为那不属于孤独的人。所有的一切美好的地方，有她在，总是显得不协调、不自在。她很孤单，心很冷，太阳的温度只温暖了她的皮肤，她觉得她在阳光之外，在欢乐的边缘，她麻木地习惯了这样的阴暗，没人注意她，她也不去注意别人，独来独往，给人感觉有些另类。

她家不远的江边有个咖啡屋，二十四小时营业，不大，生意平平。咖啡屋装修得很温暖，去的人都是很文明安静的顾客，低声地聊天。咖啡屋里有几个很美很乖巧的服务生，就是常年见不到这家店的老板。

雨常去咖啡屋，在一个不显眼的角落，静静地坐着，看周围的人、周围的景，远远地欣赏。夜里，灯光很暗，每个桌上有个小小的圆灯，散出来淡黄色的光，很温馨。她坐在临窗的角落里，窗外有棵古老的榕树，伴着那条不大的江，一起走过岁月沉浮，见证悲欢离合。

她的手托着下巴，欣赏着窗外之景，服务生送来了不加糖的咖啡，笑了笑。老顾客了，有一种默契，不用言语便知。她抚摸着自己的长发，这是不安时的动作，又想在这不安的动作下找到安全感。听着二胡曲《梁祝》，她随意搅拌着杯里的咖啡，沉浸在缠绵忧伤的音乐中，思绪早已飞到了九霄云外。

一个男子悄悄地从她身边经过，一阵很轻的风吹起了她的

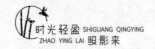

发，他斜背着包，留下一个很孤寂的背影。雨的心触动了一下。他背对着她，不知背后有个女子在看着他。

日子总是在漫不经心地过，时间不经意地溜走。雨坐在床头捧着一本书，一个作者，有一个很怪的笔名，她的心随着作者的文字起落，她喜欢这样的文章。

初秋的夜很静，又是一个无眠夜。雨开了门，走出小屋，向江边走去。江边的风吹着，显得她更单薄，咖啡屋的灯光微微从窗子里透出。咖啡屋里没几个人，她仍坐在原来的位置，一样的动作，一样的咖啡，一样的眼神。

她的桌子对面的不远处有个男子，身着一件粗布棉衬衫、一条牛仔裤。是他。他们只是对视了一眼，没有打招呼。雨的心动了一下，眼里有闪亮的东西，但很快就消失了。这些日子在咖啡屋里经常见到他，他们偶尔也点头问好。男子看起来很冷漠，雨也是一个话不多的人，两人虽然经常见，却不说话。

雨一直坐着，咖啡屋的人走了许多，男子朝雨的方向走来。雨静静地看着他走到对面，坐下来，对着她说："我们聊聊好吗？""嗯。"很简单的回答。雨说："我话不多，不会聊天，更多的时间是发呆。""我也不会。"她说："两个话不多的人聊天会是怎样的？"他笑笑说："一是死一般的沉静，二是说个没完。"她微笑。这时她才知他就是这家咖啡屋的老板，叫良。

之后他们经常在咖啡屋安静的角落里，有一搭没一搭地聊，有时会许久沉静。良会在两人都安静下来的时候，紧锁眉头，眼里有孩子般的迷茫，然后，很深很深地吸着手里的烟，大口大口地喝着水。这种来自身体的动作，让雨从眼疼到心里，良身上不经意散发出的孤独牵动着她。雨就这样安静地坐在他的对面，微笑地看着他的这些动作，她总是让良看到她的微笑。良会为雨播放她喜欢的《被遗忘的时光》，蔡琴的声音低低地在深夜响起，忧伤的曲子，雨的泪随着音乐无声地流淌。

良拿出一本书，雨看到是她喜欢的那本，她惊奇书的作者就是良。缘分就是这样，雨感慨。良坐在她的对面，用低沉而有磁性的声音念着他的文章，雨沉醉在他的声音里，沉浸在他的文章里，心跟着迷失。

良会告诉雨他的过往，深沉的父亲，沉默的母亲，从小带他挑水的祖父，还有那个他魂牵梦绕的小山村。良说他的快乐、他的迷茫，还有痛苦，说对那个城市的不满，遗失的爱情和喜好。良说他的心没有居所，到处流浪。良总是咳嗽，很重很重地咳，总是生病，很少看到他的笑容。良说这个秋天很冷。雨的心随着他的诉说一同起落，就这样默默地担心，默默地牵挂。

雨也对良说着她的过往，忧伤、痛苦，唠叨着，如祥林嫂。在良的面前雨是脆弱的，会不经意地流泪，伤心地哭泣。良慌忙地安抚着，雨习惯了他的安抚和陪伴。良不知她为何如此，始终没问，雨也始终没说。雨心中有一段不堪回首的往事，那是一个噩梦，在腐蚀着她的心，那个噩梦是她的心结，缠着她。

他们就这样静静地听着、说着。雨喜欢听良淡淡地倾诉，喜欢良的声音在耳边温柔地、轻轻地响起，喜欢分享他的喜、忧、哀、乐，喜欢看他贪婪地喝水、抽烟，喜欢看他写文章时紧蹙的眉尖，看他轻轻地咬着嘴唇，雨就这样不能自己地爱上良。

雨说："良是属于沙漠的男子，穿着他喜欢的那件粗布长衣，背着大大的包，带一个老相机，走在骆驼边，风沙吹过他的脸庞，有些沧桑与冷漠，还有一丝温柔，一个男子孤寂的背影和沙漠融为一体。"雨闭着眼陶醉地说。良笑了，难得的笑声。

雨说喜欢自己煮好面条，坐在饭桌前，托着头，微笑地看他大口大口埋头吃，然后两人抬头相视一笑，说这也是奢望。

雨问良："如果有一天我不在了，死了，你会怎样呢？"他说："我会很快找个老婆，然后回家乡找一棵榕树，在树边建一幢房子，好好地生活，过平淡的人生。"雨微微一笑，无言。他问："如果有一天我不在了，消失了，你会怎样呢？找我吗？"雨说："不会，你走了有你的理由，找回来又如何？就一个人静

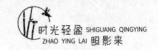

静地想吧，就想着呗，直到老、到死。"说完，雨听到自己的心被撕裂的声音，他们之间有好长时间的沉默。

后来，雨病了，住院了。良打来电话说："让我来照顾你吧。"雨听到这句话，泪无声地流下，她不想良听出她的哽咽，于是以笑来掩饰。"让我去看你吧。"良在电话里接着说。"不！"雨着急地回答，不是她不想见，她也渴望那结实的肩，渴望温暖。但雨怕良看到病中自己不堪的容颜。

良伤感地说："我想你了。"一句话后还想说点什么，雨用微笑制止接下来的话，良用哈哈大笑掩饰了某种心情，然后很快转移话题，用很平淡的语调说些家常。这个时候雨的心最痛，她只能用一个微笑，像一个图标，来掩饰她对良的感情。

他们始终没能多说一句深情的话，哪怕是暧昧一点的，始终没说。不知良能否感受到她的这片深情和良苦用心，她在良面前从没表露过，藏得很深很深。雨没有谈过恋爱，良是她第一个爱上的人。她不知人们说的爱情是如何来临的，恋爱是如何开始的。

雨认为自己是一个没有未来的人，那个心结让她觉得自己配不上那些深情的字眼，配不上说那个深藏许久的字，她自认为不能给别人带来温暖。她一直逃避，觉得良应该有更美好的人生。她只希望能陪良走一段路，哪怕是一小段；能给他安慰，哪怕是一点点。她知道，他将只是自己生命中的一个匆匆过客，这么一个过客这么深地烙在她的生命里，雨觉得她的生命中大多是失去，可是失去良会让她从此痛不欲生。

雨越来越沉默，越来越安静，他们在一起的时间更多的是沉静，那种欲言又止的眼神，对视之后彼此只能逃避。

后来良说话越来越小心、越来越少，他也越来越忙，他们见面越来越少。雨依然去那儿，还是那个位置，可是再没有一个穿着粗布长衣的男子坐在对面。他说自己好忙，他们偶尔只是点头问候，他们又回到了起点。可是，雨的心无法回到起点了。

她许久没见到良了，雨不知道良是否也想念她。雨到咖啡屋，从那个不大的窗口看到了他的背影，是很忙吗？雨问自己。她望向窗外，可以看到窗外的雨。他抬头看着雨的背影，有一种无可奈何。她把自己锁在家里一遍遍地看他写的文章，泪水浸湿了书页。雨的心很痛，痛到鼻尖到眼眸，就这样在夜里收拾着碎了的心瓣。

那天，雨穿一身黑裙来到榕树边的咖啡屋，他走了，去了远方，来不及告别，他在另一座城市里忙碌着。雨没进咖啡屋，无言地，默默行走，她在心里默念着，希望良一切安好，她希望在他们相伴的这一段日子里，能让他感到一丝丝温暖，她就心满意足了。

她突然想起朋友的一个游戏，有几种花让雨挑，雨挑的是山茶花，后来才知山茶花的花语是：一生一世只爱一人，直到他或她死去。她笑了，抬头望天，有一朵云往那个城市的方向飘去。

时针依然在转，日子依然在过，他们没了对方的消息。雨会在无人的深夜，打开那个熟悉的网址，一遍遍地在他的文里寻找他的足迹，希望能知道他的消息，能知道他的关注和牵挂。她无力地拖动着鼠标，一遍遍地搜寻着电脑里珍藏的小小照片。思念的心已没有力量再去拾捡那些不带血的心瓣，任由它碎了，之后被磨成伤心的浆。

夜里，她再次把那些收藏打开，只是斯情依旧，斯人已远。

只是她不知道，在另一个城市他的遥望及无奈，他知道这段情很平凡，平凡得没什么可记，可是他就是无法忘记那个安静的身影。这些她不知道。

后来雨听咖啡屋里的人说，良结婚了，娶了一个得了绝症坐着轮椅的女人……

那夜，良做了一个奇怪的梦，梦里的秋天很温暖，一个女子走在太阳下感受阳光的爱抚，女子一脸平静，一辆车慢慢驶来，她听不到汽车的喇叭声，人们听到刺耳的刹车声，行人围上去。

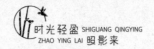

一个女子躺在车子的很远处，一条淡蓝色的丝巾围在脖子上，她的胸口有一条很深的百合花形的伤口，没出血。人们感叹说，车子没撞上，怎么会有伤口，还是没流血的伤口？有人看到，女子带痣的掌心里攥着一本小册子，里面写着关于死于相思的故事。

后来良听说，雨在一个阴雨的日子，安静地离世，死于白血病。

半年后，良送走了妻，再次来到那个咖啡屋，每夜都要坐在雨曾坐过的位子上，安静地看着窗外。

## 天籁残梦

屋檐下的蜘蛛孤独地画着它的圆。雨滴破坏不了丝做的网，有一只蝴蝶毅然决然地扑向网，颤动的翅膀是它虚弱的喘息，这是一个被忽略的存在，亦是一个天籁的残梦。

他独自行走在深夜的月台，行于一片混乱中，一摊漆黑的颜色里。

他漂泊一生，如今，突然有一点举足跋涉的味道。行走是他的一生，也注定了他漂泊一世。

拂不尽的时光，重重地遮掩着曾经的驿站与火车，他很想就这样停下来，永远地，找一个位置固定，在某个驿站完成上苍对生命的许诺与安排。

他依然独行于深夜，没有回头，亦无语。他知道，自己行走的是肢体与影子，只有自己知道，他的灵魂已闪出躯壳。风沐雨蚀，灵魂凝望当年自己远去的背影，无奈的笑放在灵魂最深处。

风从夜的每个角落吹过，一丝丝、一缕缕，纠缠着。那乍灭还起的思绪随着夜呈现着灰色的流光，从记忆的长河柔绵地穿梭，织成轻盈的网，托着夜的气息和月光一起栖在枝丫间。

今夜的站台，只剩他一个人，空空荡荡。

他行走着，亦在寻找，可是，他找不到她的居所。他突然停下，就站在那儿等待着，希望一个身影能在他的视线内出现，然后微笑着向他走来。

他和她恋了几年，他已忘了，像是半生那么久。他们天各一方，他们苦恋了半生，他们牵挂了半世，一条唯一的线牵着两头的他们。有多久没见她了？他怀里那个小小的她，是那么契合而柔弱。他们安静地相拥，没有太多言语，他喜欢这样的宁静与安详，他对她说。她安静地在他的怀里，闭上眼，似乎一生都不想离去。他们珍惜这样的深情。许久了，他们没再见面，他记得她曾经生病，他曾三次决定去看她，都因为工作耽误了。他知道她一直在等，只是她不说。

已是午夜了，月亮忽明忽暗。

他立于此，他知道她不会来接他的，两个月前，她打电话来告诉他，想他了。他告诉她今天去看她，她没有言语。那次的电话之后，她又打来电话，她说："我们结束吧，我再也无法承受这样的思念与牵挂，无法让自己快乐，我们彼此在身边找个能让自己幸福的人吧。你要保重，希望来生我们不再相隔那么远。"语调温和平静。她又说："我已经找到幸福了，祝我幸福吧，也祝你幸福。"尽管他内心酸痛，尽管有许多不舍，他还是打心眼里希望她幸福快乐。她的每一个选择他都理解并且接受。他最希望她一直都很好。尽管如此，他还是在今日如约而至，他想再看看她生活的小城。再感受一下小城的气息、她的气息。

夜更深了，月亮带着一丝寒冷俯视着夜的颜色，不动声色地如一块旧时的瘀痕尚未散去，为了太阳的记忆而凝固成一块浊黄。他望着这一块圆圆的浊黄，火车从身旁经过，一次次地惊醒这里的寂静，独遗落他一人。

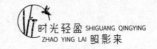

孤独的身影仰着头，在今夜月圆时，失去了往日的敏感，就这样对着圆月，希望心从此不再流浪。

黎明到来了，分解了夜的最后一抹颜色，当天边挂一个淡淡的光环时，他坐在了返回的车里。他看到不远处的树枝间一只蜘蛛忙碌着画它的圆，一只蝴蝶停在网内，已不动了。他想起她是喜欢蝴蝶的，她说："它是幽冥中幽灵的信使，带着阴灭的净与阳生的纯。"说完会因此而轻声叹息，他的心会因这声叹息而被"溅湿"，想到这里，他突然心中一酸，隐隐有些想落泪。他默默地望着，一如那千百个夜晚一样。

而在同一轮月下，同一个时间，同一个小城里，一个不大的屋内，一个黑边的相框，一张微笑的相片挂在一面洁白的墙上。相片下的案上放着一束蓝色的不知名的小花，相框内永远留住了她绝美的容颜。

冰凉的台阶上，坐着两个老人，无言无语。屋檐下的那只蜘蛛依旧忙碌着，只是那只蝴蝶已不动了。他们知道，今夜有一个男子，徘徊在月台。他们知道，这个凌晨他将返回。

两天前，他们送走病重的女儿。他们知道女儿的等待，只是女儿还是没能等到今日。只有他们知道女儿曾经的无奈，知道女儿的良苦用心。女儿走得安详而宁静，他们没有流泪，女儿是带着爱与微笑走去天国的。只有他们听到女儿弥留时的最后一句话："亲爱的，我走了，你要幸福。"

车站里那辆载着他的列车缓缓行驶，他望着这个即将离开的小城，他对着她的小城说："亲爱的，我来过，你要幸福。"

他不知道，他和她的一生是蜘蛛与蝴蝶的一生；他不知道，他和她的梦是天籁的残梦。

# 爱的保证

## 一

小李特立独行，天不怕地不怕，唯独怕老婆，唯老婆马首是瞻。

同事们很是疑惑，私下里以为小李老婆乃河东狮。

同事们一起，无聊好生事，常讨论夫妻相处之道。每谈及此内容，小李难逃被"涮"之运，大家干脆叫他"惧内派高手"。小李总是欣然笑纳，幸福之相溢于言表，众人皆纳闷不解。

一次，公司组织员工到黄山旅游，允许家属随行。同事们第一次得见小李老婆小沈的绰约风姿，一时惊为天人。

小沈说话时，绝非河东狮吼，实乃莺歌燕语，她娇小玲珑、温柔可人，此等女子，何怕之有？小李难道是个"伪惧内"？但观其表现，着实没有半点伪装之相。

旅游本是玩乐，同事们喜欢互相逗乐戏耍。几天下来，小沈便与大家打成一片，关系甚是融洽。偏有好事者追着小李的"惧内"不放，常故意有事没事挑逗小李的冲动脾气，使他在小沈面前失语尴尬，忙乱解释，以至保证连连。一路上，这对年轻的爱人给大家增添了不少乐趣。

## 二

一天晚上，同事们喝酒吹牛。一个同事说，公司新来的老总脾气火暴，稍不顺心就找人开骂。"小李刚来不久，我提醒你啊，你那犟脾气可别跟他对上了，否则有你好看的。"小李

201

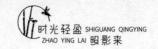

酒杯一放，牛气冲天："什么老总？老子是被吓大的吗，这辈子怕过谁？"

大家不约而同看向小沈，全场鸦雀无声，众人满脸坏笑。

小沈若无其事，温柔地看着小李，轻轻颔首。

小李突然舌头打卷："当，当当，当——然，除了我，我我，我老婆……"

小沈眼含笑意，说："刚才你说什么来着？"

"嘿嘿，开玩笑，喝多了，语无伦次。"小李一脸媚笑。

小沈轻轻撇嘴："哦，你真喝多了？"

"哎呀，不是的，不是的，我没喝多，是说错了！"小李急得挠头，狠狠瞪了一眼那个煽风点火之人。

"嗯，那么……"小沈顿了顿，拿起酒杯抿了一口。

小李当即高声宣布："我保证怕老婆，保证不对老婆发臭脾气！哦，不是，是，是不发脾气。"

同事们不禁哈哈大笑。小沈也笑了，笑得很灿烂。小李也笑了，仍是一副死不要脸的幸福相。

## 三

爬山是很累人的。小沈身体单薄，没走多久就香汗淋漓、气喘吁吁。小李猛地把小沈背了起来。

小沈趴在小李宽厚的背上，羞得满脸绯红。"快放我下来！没事的，我自己能走，你看那么多人看着！"小李低着头，一声不吭往前走，居然一口气走了十几分钟。

到达山顶，大家累坏了，赶紧找个地方喝点水，歇一歇。看着苗条清瘦的小沈，同事们都称赞她身材好，几个女同事更是向她请教瘦身保养之道。小沈说自己不常运动，但很注意节食。小李忍不住插了一句："她就知道节食，不注意身体健康，都快把身体饿坏了。"

小沈怔了一怔，委屈地看着小李，眼里一下子盈满了泪水："谁让你背我的？我一直叫你放我下来，是你自己要背我的嘛！"

小李马上意识到自己犯了一个严重的错误，忙说："对不起，老婆，我不是那个意思。"

"那你是什么意思？是觉得我节食没意思吗？是嫌弃我身体不好吗？我就知道你一直反对我节食，是不是想我变胖了你好找借口不要我了？"小沈"机关枪"般扫向小李。

小李无奈苦笑着，说："什么呀，这都是哪儿跟哪儿啊，看你想哪里去了！"

"那好吧，以后我不节食了，我猛吃猛喝变成大肥婆好了。"小沈一副得理不饶人的样子。

小李立即郑重宣告："我保证支持老婆的节食计划，但是你也要注意身体健康啊！"

"为什么要身体健康？好让你折腾我吗？"小沈说着说着，自己也笑了起来。

看着周围忍俊不禁的同事，小李只能嘿嘿傻笑，说："看你说到哪里去了，身体健康不是比美丽更重要吗？"

"我说不是的，我说美丽更重要，女人没有了美丽就什么都没有了。"小沈的话任性而坚决。

小李哭笑不得，说："好了，怕你了，你说的都是对的，你说什么重要就什么重要吧。但只有身体健康才会有持久的美丽，不是吗？"

"是吗？真的吗？"小沈一脸困惑，眼里满是柔情。

愉快的旅程将要结束了。在回程的前一天晚上，同事们又在一起海阔天空胡侃一气。男同事发牢骚，抱怨社会不公、人生苦短、压力重重。女同事感叹儿女调皮、公婆长短、青春难再。说着说着，大家又说到了夫妻之事。

"小李，你这么怕老婆，在家里肯定什么事都听老婆的

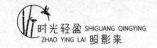
吧？"一个同事又在故意挑事了。

小李正在高谈阔论，随口应了一句："这年头，谁听谁啊？关键要以德服众、以理服人。"

"哈哈，小沈，听见了没有啊？小李说不听你的话，他说怕你都是装出来的吧？"看来这家伙唯恐家道不乱。

小沈脸皮薄，被人当众激将，面露不悦之色。

小李赶紧跑过去，挨着小沈坐下，说："这还用装吗？谁听谁啊？肯定是我听老婆的嘛，老婆的话总是对的，听老婆的话错不了。"

"去去去，坐一边去！"小沈没好气地说，"你不是说要以德服众、以理服人吗？我没德也没理，我的话你可以不听了。"

"以德服众、以理服人，那是对外用的，内外有别啊。攘外必先安内，我们要团结一致，对抗外敌。"小李恶狠狠地盯着挑事的家伙。

"我不管什么德什么理，什么内什么外，我只想知道你对我怎么样，你对我说的话是真还是假？"小沈有点较真了。

小李也急了："真的假不了，我保证听老婆的话，无论是德是理，无论是内是外！"

看着小两口如此紧张兮兮的样子，同事们觉得有点过分了，赶紧打圆场，说："好了，大家都是开玩笑，闹着玩的，不要当真了。来来来，喝酒，说点开心的事。"

"不行，今天我非要他说个明白，要不他老是阴一套阳一套的，我觉得不舒服，没意思。"小沈使上性子了，接着说，"你说，我的话是错的你也要听吗？"

"是的，只要是你说的话，对的错的都要听。"小李坚定地点着头。

"错的也听？那叫盲从，盲从你也要从吗？"小沈得势不饶人。

"不是，我绝不盲从。"小李果断回答。

"不盲从？那你什么意思？"小沈急得满脸通红。

"我的意思就是，坚决听你的话，无论是对是错，我一定听，一定都听完，但我不会盲从的，因为我知道，即使你的话是错的——虽然这种可能性几乎等于零——你也不会叫我去做盲从之事。"小李显得理直气壮了。

"油嘴滑舌，那你是说我指鹿为马了？"小沈仍是不依不饶，但脸上不觉有了几分笑意。

"非也，鹿和马，马和鹿，其实很难分清。既然这世上有那么多披着羊皮的狼，谁敢说没有一些套着鹿皮的马呢？鹿非鹿，马非马，是鹿也是马，非马也非鹿。"小李摇头晃脑，俨然一个迂腐的老学究。

"就你能！"小沈笑了，用力拧了一把小李手臂上的肉。

大家都被这小两口逗乐了。

### 四

如今，同事们仍一如既往拿小李的"惧内"开玩笑，好事者还要添油加醋，对小李旅途中的几个保证津津乐道。面对同事们的"惧内"说辞，小李也总是一笑而过。

那天晚上，我跟小李一起喝酒了，不觉有了几分醉意，我问小李："你真的是那么怕老婆吗？"

小李不禁一番感叹，小沈娇气，身体不好，又爱使点小性子，如果不让着点疼着点，把她气出毛病来，他就由爱人变成罪人了。其实，爱啊，何须保证？怕者，爱也，爱之深，怕之切。悠悠说完，小李又是一副幸福的死相。

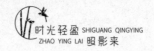

# 报　答

## 城　里

他叫小飞，妻叫他飞。

小飞是乡下人，前几年在城里的富裕花园小区买了房，小飞现在是名副其实的城里人了。住房豪华，开着豪车穿梭在马路上。小飞有一个幸福的家，一个美丽的妻子和一个可爱的儿子，还有一个赚钱的公司。小飞走出家门，回头自豪地望着身后的那幢豪宅，他觉得现在很富有。

"飞！"有人甜甜地叫他，是妻子，小飞还没见过妻子妆容下的那张脸，但小飞总是看不厌扑着粉的妻子。小飞看着自己的妻，一个名副其实的城里人，穿着名牌，衣服一年总不会重复。大开领，超短裙，细细的高跟鞋，白白的脸，红红的唇，太阳下的头发金黄金黄的，一扭一扭地向他走来。

"快点吧！"妻嗲嗲地催小飞。今天是岳母六十岁生日，为了孝敬老人家，他特意买了房作为生日礼物送给岳母，妻因此高兴得在他的脸上印了一个大大的吻，他用了好几张手纸才擦去那红印。他欣慰地开着车。今天是岳母的生日，也是搬新房的日子，他得快点过去帮忙。汽车飞驰在路上。

小飞想起当初在乡下的日子，那个苦呀，小飞不想去回忆。他从小发誓要做个城里人。大学毕业后半年就辞去工作，到这里来拼搏，几年来终于如愿以偿。他不由得吹起了口哨。正对着镜子化妆的妻斜了他一眼，骂了一句"乡下人"。小飞嘿嘿笑了。

车子在富有花园停下，小飞为妻开了车门，手里拎着大包小包，跟着在妻后面。进到新房内，热闹非凡。以前的老邻居都来了，岳母高兴得合不拢嘴。大家都说："你好命哦，生养了一个女儿，女婿比儿子还孝顺。"啧啧声不断，岳母幸福地点头："是啊是啊。"拍着小飞的肩："我这个女婿呀，比儿子强！"小飞嘿嘿地笑了几声。大婶说："小飞呀，谁有你这样的儿子真是好命喽，有这么孝顺的儿子，老来有靠了。"这一次小飞没有笑。小飞对着大伙儿说："大妈大爷，今天是我妈的生日，也是搬新房的日子，我请各位到酒店吃饭，请大家晚上光临啊！"一片哗然："真比儿子强啊！"妻又赏了小飞一个吻。小飞幸福地笑了。

## 乡 下

他坐在老屋内，一个人。老伴前几年去世了，儿子在城里开了个公司，听说挺好的，就是有几年没见了。今天是自己七十岁生日，老汉在想，老伴去世，儿子不在，一个人冷冷清清。唉！老汉灭了烟，叹了口气。这些年身体一年不如一年了，要不是邻居照顾，自己死在床上也不会有人知道。老汉弓着身子走出房门。坐在梨树下的石凳上，猫一蹦就到了他的怀里，懒懒地赖着。这是老汉收养来陪自己的，猫很乖巧，老汉给它起名叫"小飞"。

老汉看到不远处的一群羊，想起小时候聪明乖巧的儿子。他总会拉着儿子小小的手，在羊群边给儿子讲那些远古的故事，儿子听完后会拍着胸说："爹，我长大后一定孝顺您，一定在城里买大大的房子把你接来一起住，一定会好好报答您的！"想到这儿，老汉总会微笑。

老人想着想着，闭上眼，睡着了。

"大爷。"有人叫他，是邻居的女儿春花。要不是她照顾，老汉的生活不知会咋样。今天是老汉的生日，春花每年的这个时候总会送点心过来。春花原来差点成了自己的儿媳妇。春花看着

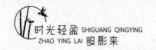

老汉吃下点心，再拿出老汉的脏衣服洗了起来，整理了老汉的屋，然后轻声和老汉说，家里还有事，晚上再来看老人家。对于春花，老汉是一百个喜欢。就是没有福气啊！老汉叹息。这是儿子没有福气，娶了一个城里人。是儿子对不起春花呀！

　　一辆车朝老汉的方向驶来。谁的车呀？老汉纳闷。车子停了下来，车上下来一个涂脂抹粉的女人，还有一个西装革履的男子。老汉的眼有点老花，眯起眼看，很眼熟。有人叫："爹！"啊，是儿子回来了！老汉哆嗦着站起来，笑逐颜开。"爷爷！"是孙子叫他，老汉热泪盈眶。第一次见到五岁的孙子，老汉抖着手摸摸孙子的头，真像小时候的儿子啊，他说。

　　"爸。"女人眼睛看着另一个地方低低地叫了一声，涂着粉的脸看不出表情。"哎！"老汉第一次见到这个城里的儿媳妇。"进屋吧！"老汉急忙要进屋倒水，走得匆忙，门槛太高，差点摔倒。"不了，爹。刚接到村主任的电话说我们这屋要被征用了，我是来拿地契的，去城里找领导看能不能多要些钱。现在公司要一笔资金，刚好用上。"老汉呆在那儿，他牵着孙子的手，喃喃说："那我以后住哪儿？""过来！"十分尖锐的声音，是媳妇叫孙子。孩子往妈妈那儿去了。老汉耳朵有点背，隐隐听到有人说，乡下人脏，别牵他的手，像是儿媳妇的声音。

　　"爹，去拿吧，村里不是有老人院吗？你先去那儿住一阵子，我再想办法。"儿子说。老汉没再说话，到阴暗的房里哆嗦着打开箱子，拿出发黄的地契。儿子小心翼翼地接过来，媳妇捂着鼻，说："走吧，妈妈那儿还有客人在等咱们。"

　　女人急忙先进车里，孙子甜甜地说："爷爷再见！"儿子打开车门，老汉叫住儿子："小飞呀，开车小心点！"儿子从皮夹里拿一张一百元钞票，放到老汉的手里，说："爹，我走了。"老汉没再言语，立于树下，那只猫睡在他的脚边。梨花一片片飞落，这是春日。

　　车子缓行在乡道上，道路边有羊群，一只小羊羔跪着，一只母羊站着，像是在喂奶。车里笑声一片，还有一个男人的声音在讲幼羊跪乳、乌鸦反哺的故事。只是儿子忘了，今天是老汉的生日。

一个老人站在梨树下，看着车子远去……

# 牛头锋

牛不喝水按不了牛低头，此话形容某人的脾气很犟，不易屈服，牛头锋由此得名。牛头锋自小就常受村里孩子的欺负，但他基本不做反抗，也无力反抗。因为他身体瘦小，性格怯懦，反应迟钝，连比他年纪小很多的孩子都爱嘲笑捉弄他，甚至女孩子都敢讥讽戏弄他。无论别人怎么对他，他都不发脾气，还一脸讨好地笑。

尽管常被别人欺负训斥，牛头锋却从来没有害怕过，也从来没有为此烦恼和痛苦过，他仍一如既往地不断招惹着别人：他爱叫别人忌讳的绰号，他爱捏女孩子的脸蛋，他爱打乱别人的游戏，他爱黏着别人到处转悠，别人赶也赶不走……你可以骂他损他嘲笑他驱赶他，但你无法阻止他的行为。除非你真的大动肝火，否则，如果他愿意，他会如鬼魅般缠上你。

这就是童年的牛头锋，他家和我家仅隔了一条巷子。牛头锋比我小一岁，读书成绩差，大家都说他智商有问题，还说他爱干坏事。但我相信他是个好人，从来没做过一件实质性的坏事，只是他那牛皮糖一样的脾气很容易讨人嫌。

当年牛头锋的爸爸在县城的电焊厂做车间主任，家庭环境还是过得去的。他的爷爷是村里德高望重的老人，有知识、有文化，修养好、口碑好，偏偏娶了个远近闻名的恶儿媳妇，晚年和老伴一起受尽了折磨。村里的宗族兄弟看不过眼，多次要牛头锋的爸爸回来解决老人被虐待的问题。牛头锋的爸爸是个胆小怕事的本分人，怕老婆。他知道是老婆不好，但也无能为力，只好痛哭流涕跪在双亲和父老乡亲面前请求原谅。即使到了这步田地，牛头锋的妈妈仍然没有丝毫收敛，反而觉得自己丢尽了脸面，把怨气发泄到两个老人身上，变本加厉地虐待他们。

牛头锋就是在如此环境长大的。在前后不到两年时间里，牛头锋的爷爷和奶奶离开了人世。村里人说，如果不受虐待，他们多活八年十年是没问题的。

牛头锋读完初中就没再上学了，一直待在家里，直到他爸爸退休回家，他被安排到县城里接班，在电焊厂当了一名普通的工人。在当年很多农村人眼里，当一个正式的工人，有一份稳定的收入，已经不错了。

牛头锋的爸爸退休回到乡下后，也没有过上几天安稳清静的日子。几年后就一病不起，后来查出是肝癌，没两年就去世了。

我当时还在县城里工作，碰巧那个电焊厂就在我叔叔家附近，所以很多时候能跟他碰见。我不知道牛头锋怎么能承受连续不断失去亲人的痛苦，他只是在电焊厂里机械地工作着，与世无争，过着单调的日子。牛头锋有时也会主动来找我玩，一般是晚上来，见面后不说话，更不会提起家里的事，只是呆坐着。在那些贫穷的年月里，我们没有更好的消遣，大多时候是去看看电影或录像，看完后坐在路边大排档吃几块钱的夜宵，偶尔会找几个童年伙伴坐坐，但由于牛头锋总是沉默无语，让大家也有些意兴阑珊。

我必须记得和感激牛头锋，虽然他早已淡出了我的生活。

当年，在我居无定所的困难时候，是牛头锋那间仅有八平方米的单身小屋接纳了我，虽然我在那里只住了不到两个月。那时我离开了学校，到了一家地毯公司工作，但公司当时还没有给我安排好宿舍，我只好暂时搬到了牛头锋的住处。那是一段艰辛难忘的日子，我到叔叔家找来了几块木板和两条长凳，在牛头锋狭小的房间里搭起了一张床，下午下班回来后就跟牛头锋吃住在一起了。直到地毯公司给我安排了宿舍，我才搬离了他的"单身公寓"。

牛头锋的妈妈虽然泼辣，但很能干活挣钱，而且钱只要一到了她手里，保管是有进没出的，她做的一切都是为了让牛头锋早日结婚，让自己早日抱孙子。于是，她早早地张罗着牛头锋的婚事。那一年，牛头锋还不到二十三岁。

牛头锋跟我说，那女孩家里是农村的，是他妈妈帮他找的，他不喜欢那个女孩，而且还没见过几次面，更谈不上情投意合。他还说那女一点都不漂亮。牛头锋虽然没什么本事，也挣不了很多钱，但他一样喜欢漂亮女孩，不想娶农村的女孩，也不想再干农活了。他跟我一起出去玩时，每当看见漂亮的女孩就喜欢吹口哨，常被我呵斥。他妈妈要他回家相亲时，他正在追求住在厂子附近的一个女孩。我问他："你不喜欢她为什么还要跟她结婚？"他说，没办法，是妈妈的决定，必须听从，否则靠他自己还不知道有没有能力娶到老婆呢。现在起码妈妈帮忙把婚事操办了，算是有个家过日子了，懒得再想那么多了。

从小到大，牛头锋在妈妈的面前从来就没有牛过一回，这次也不例外，他终于在妈妈的一手包办下结婚了。他告别了单身生活，但还得住在厂里的那间"单身公寓"里。

他结婚那天，特意包了一辆中巴车，把新娘从他的"单身公寓"接回了农村老家，在村里操办了酒席。他们没有拍婚纱照，也没有拍结婚录像。那天，我当了一回临时摄影师，用自己的海鸥相机给他们拍了一套结婚照片。

牛头锋结婚第二年就生了一个女儿，这让他的妈妈很不高兴，于是开始看不惯这个自己选的儿媳妇了，要她赶快生一个儿子。但她终于没能看到自己的孙子，她不久也得了肝癌，不到一

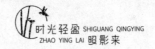

年就病死了。她临死前告诉牛头锋，她有三万元的存款放在城里一个亲戚手里，利息比银行要高很多，还把存钱的凭证交给了牛头锋。但牛头锋最终也没有得到这笔钱。那亲戚非法高息揽存，不久就被公安拘留，没过几天就自杀死了。

# 乌 四

乌四是田林的童年伙伴，因皮肤黝黑，排行老四，故得此名。乌四、高佬权和田林是村里最要好的三个伙伴，可惜高佬权在小学三年级去了县城读书。之后在小学的时光里，陪田林一起玩耍时间最多的只有乌四一人了。

乌四不爱读书，成绩不好，但鬼点子特别多，是个勇敢机灵的家伙。当年村里的孩子没有什么玩具，但可以自己动手制作，比如铁圈、弹弓、陀螺、风筝，这些都是乌四的拿手好戏。乌四还喜欢搞恶作剧捉弄别人。

在那些仅够温饱的年月里，孩子们除了偷点荔枝、龙眼、石榴、柿子等水果来吃外，还喜欢到田地里挖番薯，然后烤熟来吃。乌四喜欢吃番薯，更喜欢吃烤熟的番薯。田林几个以打猪草为掩护，挖上几个又大又甜的番薯，然后跑到一片干燥的荒田，先挖一个合适的泥坑，再用大块的泥块围在四周。在泥坑里用干稻草生火，添上木柴，然后把番薯放进泥坑。

十来分钟后，田林几个把四周的泥块推到泥坑里，把番薯掩埋起来，再等上十几分钟，焦香软甜的番薯就烤好了。

烤番薯看起来容易，但要烤得好看好吃还是要有一定经验和技巧的，而且还要足够勤快和有耐心。乌四正是利用耐心来捉弄比田林小一点的孩子的。把番薯掩盖上之后，乌四就命令大家跑开去"避风"，要跑得看不见为止，否则"番薯就熟不了"。等其他孩子跑得没影了，乌四很快溜回来，把番薯全部挖走。如果碰巧附近有牛粪，他还会把牛粪埋进泥坑里，等那些傻乎乎的孩子回来，只能"挖牛粪"了。

乌四当然不会总是捉弄他人，要不也没有人跟他玩了。当他不耍小滑头的时候，这家伙还是很受人喜欢和拥护的。那时田林和附近几个村的孩子之间常有吵架打架之事，有时还会演变成"大规模集团作战"——几乎村里的孩子都参与"打仗"。这样的"打仗"不是面对面互相厮打斗殴，而是在开阔的田地里用泥块互相投掷攻击，但也有一定的危险性。"打仗"讲究的是群体力量，看哪一方的孩子更多更团结更勇敢，其中有一两个"身先士卒、冲锋陷阵"的孩子是很重要的，乌四就是这样的人物。只要有他在，田林几个很少落败。他会把打猪草用的竹篮子罩在头上，装满两口袋的泥块，首先从田埂的"掩体"后头跳起来，大叫着"冲啊"扑向"敌人的阵地"。在他的带领下，其他孩子也会跟着向前猛冲。看到田林方如此威猛之势，对方的孩子很快就被吓坏了，一路跑回村里再不敢出来了。当然，如果对方也有如乌四般勇猛威武之人参与"打仗"，胜负就很难说了。

乌四从小就爱恨分明，谁要是欺负了他的好伙伴，他肯定出头帮忙，为此没少跟人打架。谁要是冤枉他了，即使是大人，他也要找机会"报仇"——炸他一身牛粪。他会在路边选好一堆足够新鲜的牛粪，等那人走过来时，看准时机把预先插在牛粪上的爆竹点燃，然后迅速逃离，等那人牛粪沾衣破口大骂时，乌四早没了踪影。如果要对付的是个凶狠的角色，为了不让他看到自己，乌四甚至会把爆竹的引线接长很多，提前点燃。田林一直纳闷乌四为什么能够准确控制爆竹的引爆时间。

乌四和田林一样爱看电影，但没有钱买票，要在两个把门的大汉身边从电影院狭小的门口混进去几乎是不可能的。乌四自然

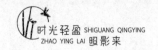
有他的办法。首先，他会绕着电影院的围墙转一圈，看从哪里可以爬进去，只要围墙下有足够多的砖头或者旁边有一棵足够大的树就难不倒他了。如果这招失灵，胆大包天的乌四甚至会在电影院门口制造混乱寻求机会。当看到较多人一起拥在门口要进去的时候，乌四把几个叫"滚地王"的烟花偷偷点燃扔进人群里。烟花呼啸着打转，众人胡乱散开躲闪，把门的人也不例外。就在这瞬间的混乱中，早有准备的乌四已潜入了电影院。

乌四很早就懂得了钱的重要性，从小学五年级开始就自己挣零花钱。他会骑单车去打柴卖，他会一大早起来到镇上的饭店批发面包，然后到附近的村里去卖，每个面包挣两分钱。他还会在暑假里卖冰棍，每根冰棍卖五分钱，他到冰室按批发价拿的，每根冰棍可以挣一分半。当年对于田林这个体弱多病、胆小怕事的孩子来说，乌四就是个了不起的家伙。田林除了读书好之外，其他事情都不会做，也不敢做，真要去做也没信心，也做不好，而乌四除了读书不好之外，好像什么事情都难不倒他，什么事情他都敢做，都能做好。

当年农村的教育资源十分匮乏，从小学上中学要通过严格的考试，考不好的要留级。乌四没考好，在五年级留级了，田林则顺利考上了中学。从那时开始，田林跟乌四的来往变少了。

几年后，田林读完中学考上了广州的一所外语师范学校。乌四从初三突然开始勤奋学习，甚至还给田林写过两封信请教一些学习的窍门和问题，他是唯一跟田林通信的童年伙伴。但由于他基础不好，成绩还是上不去，最后读完初中后就没再读书了，到了佛山早早开始了漫长的打工生涯。

乌四虽然长得黑，但绝对算得上英俊，而且是个早熟风流的家伙。初中二年级他就跟田林说看上了班里的一个女同学，还是班花呢。那女同学田林也认得，确实长得好看，还是学校运动队的，身材没的说。田林说你小子好福气啊，有个那么漂亮的女朋友。他一拍脑袋傻笑，乌四是看上她了，不知道人家有没有看上乌四呢，追她的人太多了。不过乌四是不会放弃的。那时敢谈恋爱的同学还不多，是真正属于勇敢者的游戏，所以只要谁跟谁有点那个意思，肯定成为班里的焦点话题。如果被搞得有鼻子有眼地传开去，还会成为学校里的风云人物。当年那些懵懂幼稚的情事总是随着毕业分别烟消云散，乌四和班花也不例外。但这朦胧之爱肯定在乌四年轻的心灵上留下了烙印，以致多年后他还对班花念念不忘。

乌四到佛山打工后，田林和他一年也见不了几面，只有春节放假才能跟他好好玩玩。一直到田林毕业当了老师后，田林和他还保持着死党关系，无话不说、无所不谈。但是乌四很快染上了赌钱的恶习，他在佛山打工时就经常赌钱，春节放假回来更是日夜赌钱，而且越赌越大，越陷越深。看到他这样，田林曾多次劝他适可而止，但没有任何作用。他们的话语和交往逐渐减少，但仍算是不错的朋友。

田林和乌四的关系一直维系着，虽然联系不多，话题渐少，但见面后仍非常高兴热情，大家都珍惜着童年的感情，彼此都不忍放弃。但他们的友情却被一场生意扼杀了。

那一年，在离开学校四处漂泊了一段时间后，不知天高地厚的田林和一个朋友筹了点钱，好大喜功地开了服装专卖店。那些急功近利的念头注定会让年轻冲动的田林付出代价。专卖店很快遇到了衣服积压太多、资金周转不过来等问题，眼看就要经营不下去了。那朋友看到势头不对，拿回了自己的投资资金，来了脚底抹油——溜之大吉了。其实田林是应该及早关了这个专卖店的，但他不甘心就此收场，再说他还欠着别人一屁股债。在苦苦思考之后，田林终于想到了乌四。

乌四很爽快地答应了跟田林合作把专卖店做下去，并把自己多年打工的积蓄和向家人借来的钱全部投了进去。专卖店的资金紧张问题暂时得到了缓解，但好景不长，其他问题接踵而来。田林所在县城离广州、佛山都不远，那里的服装专卖店每一两周就

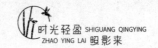

更新款式，对旧款式大打折扣，田林根本没法应对和抗衡。另外，无论进货还是定价，田林和乌四总是意见不一。在苦苦支撑了四个月后，专卖店终于走到了尽头。

田林对乌四充满了内疚，但一切已无法挽回。虽然乌四没有跟田林说过一句埋怨和后悔的话，但他失落和茫然的眼神更让田林不安，田林决定离开专卖店。田林把剩余的衣服和店里的所有东西都留给了乌四，一个人再次离开了家乡。

这场闹剧般的生意给田林和乌四的友情留下了无法弥补的裂痕，他们从此更少见面了，即使相见，也生分了很多。春节假期，他们还是能见面的，但已经失去了所有的默契和坦诚。乌四一直在佛山打工，后来做到了车间主管，有了不错的收入，但赌瘾一点没减，每次回到家里，总是没日没夜地赌钱。那年春节田林回到了乡下，在小卖部里看见了乌四。乌四正沉迷于打天九赌钱，没有看见田林。田林在一旁静静地看着，没有惊动他。乌四猛然抬起头，看见了田林。他们四目相对，一时竟然不知该说些什么。乌四低头继续打天九，田林呆站了一会儿，最后还是默然离开了小卖部。

从那以后，田林跟乌四几乎没有实际的交往了。

乌四结婚了，仍留在佛山。他租了一套房子，把妈妈接到佛山帮忙照顾儿子，自己和老婆都继续在佛山打拼。由于乌四能说会道，工作能力也不错，深受老板的赏识，给他不错的工资待遇，还经常带他出入夜总会、酒吧等娱乐场所。一同在佛山打工的村里人都对他刮目相看，很是羡慕和眼红，乌四也过了几年风光得意的日子。

乌四有了点钱后，包养了一个不到二十岁的工厂小妹，还租了一间房子同居，后来被老婆发现，找到小妹的住处大闹了一场，还动起手来了。之后，乌四每月的工资几乎被老婆没收，老婆还提出了离婚，经常锁住家门不让他回去。乌四后来丢了工作，没有钱了，小妹也跑了，最后成了孤家寡人，连他爸爸妈妈都咒骂他没良心。这是 2000 年的事了。那时田林还在河南工作，突然有一天接到了乌四的电话，他几乎带着哭腔向田林诉说了自己当时的境遇，最后还说了一句："现在是什么都没有了。"田林不知道怎么安慰他，也不知道怎么帮助他，或者他更需要的是一个朋友的倾听吧。田林静静地听完了他的故事。田林说："乌四，没事的，一切都可以重新再来。"他们都还年轻，以前那么苦他们都熬过来了，以后他们一样可以。这是乌四跟田林最后一次联系，从此再也没有乌四的音信了。

在经历了生活的磨砺和波折之后，乌四是否变得脚踏实地？或者还是风流不改？乌四是否落魄潦倒了？或者风光无限？无论悲与喜，无论苦与乐，人总有各自的生活，且生活仍将继续。